어른이 되기 전에 알아야 할
우리속담 2300 (상)

어른이 되기 전에 알아야 할

우리속담 2300 (상)

송정해 엮음

머리말

"똑똑한 자식을 두고 싶으면 속담 공부부터 시켜라" 하는 말을 종종 듣게 됩니다. 괜한 말이 아닌 것은 분명합니다. 속담은 학교교육이 이르지 못하는 '지혜의 세계'로 학생들을 이끌어 가기 때문입니다. 그래서 속담을 많이 익히고 활용하는 청소년들이 남다르게 여겨집니다. 말에서 '말맛'을, 글에서 '글맛'을 내는 최상의 재료 중 하나가 속담이니까 그럴 수밖에 없지요.

속담은 세상의 일들을 짧게 압축시킨 말이라서, 그것을 충분히 이해하려면 오랜 시간 가슴과 머릿속에서 굴려가며 깨우쳐야 합니다. 유소년·청소년들에게 생각하는 시간을 갖게 하여 상상력과 창조력을 기르게 하는 것은 물론, 현실감을 증강시켜주고 처세술도 가르쳐 줍니다. 그런 과정에서 커가는 이들이 다만 '똑똑해지는'것이 아니라, '지혜롭게'변해 갑니다. 그래서 "지혜로운 자식을 보고 싶으면 꾸준히 속담을 익히도록 하라"고 말해야 할 것입니다.

유치원생부터 고등학생에 이르기까지 익혀야 할 속담사전을 내놓게 되었습니다. 속담에 관한 수많은 책들이 이미 출간되어 있는데, 또 하나를 보태니 책을 읽지 않는 세대에 별로 달갑지 않게 여길 것이 뻔합니다. 그러나 기왕의 것들보다 훨씬 낫다는 평가를 받기 위해 애를 많이 썼습니다. 다양한 그림과 색깔로 유혹하는 대신, 알차고 아주 풍부한 속담사전이 되도록 노력했습니다. 유치원생으로부터 초등학교 학생, 중·고등학생들까지 익히면 좋을 속담들을 가려 뽑고, 이해하기 쉽게 해설했으며 '비슷한 속담'과 '반대 속담'까지 곁들여 놓았습니다.

이 사전에는 총 2,300개의 속담이 수록되어 있습니다. 상권에는 유치원, 초등학생들 수준에 맞는 약 1,000개의 속담이 모아져 있고, 하권에는 중·고등학생을 위한 1,300개 정도의 속담이 수록되어 있습니다. 이런 정도의 속담을 익힌다면 아마도 상당한 지식이나 지혜를 갖춘 어른들보다도 나은 수준이 될 것입니다. 우리나라 일급 소설가들이 그들의 작품 전체 속에서 활용하는 속담의 수가 2,000 ~ 2,500개 정도가 되기 때문입니다.

지금의 학교교육은 지혜는 커녕 지식도 아주 단편적인 것을 줄 뿐입니다. 여기에 길들여지면 '예지적 인간'이 되기 어렵습니다. 속담은 조상들이 실제 생활 속에서 깨친 지혜의 말입니다. 인간의 심리와 습관의 문제뿐만 아니라 나라의 정치와 경제, 역사와 풍속까지 실로 취급되지 않은 부분이 없을 정도로 풍성한 지혜의 보물창고입니다. 속담은 유효기간이 없습니다. 지금도 새로운 속담이 계속 만들어지고 있습니다. 속담이라는 '지혜의 샘물'을 충분히 마시면 유소년, 청소년들의 삶이 아주 건강하고 풍성하게 펼쳐질 것입니다. 이 속담사전이 여러분들의 삶에 큰 힘이 되기를 바랍니다.

2019년 가을
송 정 해 삼가 씀.

차례

✻ 가갸 뒷자도 모른다

글을 전혀 모르는 사람을 두고 하는 말.

- 비슷한 속담 : '검은 것은 글자고 하얀 것은 종이다', '낫 놓고 기역
  자도 모른다'

✻ 가고 가면 못 갈 길이 없다

꾸준히 노력하면 못 이룰 일이 없다는 뜻으로 이르는 말.

- 비슷한 속담 : '열 번 찍어 안 넘어가는 나무 없다', '오르고 오르면
  못 오를 산이 없다', '하자고 결심하면 못 해낼 일이
  없다'
- 반대 속담 : '오르지 못할 나무는 쳐다보지도 말라'

✻ 가까운 데를 가더라도 점심밥을 싸가지고 가라

아무리 쉬운 일을 하더라도 준비를 철저히 하라는 뜻으로 이르
는 말.

✻ 가까운 이웃이 먼 친척보다 낫다

남이라도 가까이에서 서로 돕고 살면, 멀리 있는 친척보다
더 낫다는 뜻으로 하는 말.

✻ 가까운 제 눈썹 못 본다

남에 대한 일은 잘 알면서, 정작 제 자신에 대해서는 잘 알지
못한다는 뜻으로 하는 말.

- 비슷한 속담 : '눈이 천 리 밖을 보아도 제 눈썹은 못 본다', '등잔

밑이 어둡다'

* 가난 구제는 임금님도 못 한다
가난한 사람을 도와 잘 살게 하는 일은 결코 쉽지 않다는 뜻.

* 가난도 비단 가난
가난하게 살면서도 품격을 잃지 않고 산다는 뜻으로 하는 말.

* 가난이 스승이다
가난 때문에 고생을 하면 깨닫는 것이 무척 많다는 뜻으로 하는 말.

* 가난한 사람도 부자와 같이 대하라
돈이 많고 적은 것으로 사람을 차별해서는 안 된다는 말.
　　■ 비슷한 속담 : '골짝은 내려다보아도 사람은 내려다보지 말아라',
　　　　　　　　　'사람 위에 사람 없고, 사람 밑에 사람 없다'

* 가난한 사람은 허리띠가 양식이다
가난한 사람은 먹는 것을 줄여서라도 아껴야 굶지 않게 된다는 말.

* 가는 날이 장날
어떤 일을 하려는데 다른 일과 우연히 겹치게 되었다는 뜻으로 하는 말.

✳ 가는 말이 고와야 오는 말이 곱다

다른 사람에게 잘 대해야 그 사람도 나에게 잘 대한다는 뜻으로 쓰는 말.

✳ 가는 몽둥이에 오는 홍두깨

남에게 해를 입히면, 내게는 더 큰 피해가 돌아온다는 뜻으로 쓰는 말.

■ 반대 속담 : '오는 방망이, 가는 홍두깨'

✳ 가는 토끼 잡으려다 잡은 토끼 놓친다

한꺼번에 많은 이익을 챙기려다 가진 것까지 잃게 된다는 말.

■ 비슷한 속담 : '산토끼 잡으려다가 집토끼 잃는다'

✳ 가다 말면 아니 가는 것만 못하다

무슨 일이든지 하다가 그만두면, 아예 시작하지 않은 것만도 못하다는 뜻.

✳ 가랑비에 옷 젖는 줄 모른다

대수롭지 않게 여기던 것도 쌓이고 쌓이면 커다란 결과를 가져오게 된다는 뜻.

✳ 가랑잎도 떨어질 때가 되어야 떨어진다

무슨 일이든지 적당한 때가 되어야 이루어지는 것이니, 조급하게 보채지 말라는 뜻.

* 가랑잎에 떨어진 좁쌀알 찾기

어떤 것이 무척 작거나 구별하기 어려워 찾아내기 쉽지 않다는 뜻으로 하는 말.

* 가래로 막을 일, 쟁기로도 못 막는다

작은 문제를 내버려 두면 감당하기 어려울 정도로 일이 커질 수도 있다는 뜻.

* 가려운 것이 아픈 것보다 참기 어렵다

작은 고통이 큰 고통보다 오히려 견디기 힘들 수도 있다는 뜻으로 하는 말.

* 가려운 곳을 긁어 준다

다른 사람이 받고 있는 어려움을 아주 자상하게 해결해 준다는 뜻

* 가마솥에 콩 볶듯 한다

말로 사람을 아주 귀찮고 힘들게 하는 경우를 두고 하는 말.

* 가마솥이 검기로 밥도 검을까

겉보기가 좋지 않다고 해서 속까지 좋지 않을 수 없다는 뜻.

■ 비슷한 속담 : '까마귀가 검다고 속까지 검을까'

* 가뭄 끝에 오는 비

몹시 기다리던 일이 이루어졌다는 뜻으로 쓰는 말.

* 가뭄에 비 바라듯 한다

어떤 것을 아주 간절히 원한다는 뜻으로 하는 말.

■ 비슷한 속담 : '장마 토끼 날씨 개기 기다리듯 한다'

* 가뭄에 콩 나듯 한다

어떤 일이 자주 있지 않고, 아주 가끔 생길 때 쓰는 말.

■ 반대 속담 : '밥 먹듯이 한다'

* 가시방석에 앉은 것 같다

아주 불편한 장소나 사람들과 있어 마음이 몹시 괴롭다는 뜻으로 쓰는 말.

* 가슴에 콩 얹으면 톡톡 튀겠다

너무 마음이 설레거나 두려워 가슴이 몹시 심하게 두근거릴 때 쓰는 말.

* 가을 다람쥐처럼 욕심도 많다

욕심을 잔뜩 부리는 사람을 두고 하는 말.

■ 비슷한 속담 : '다람쥐 밤 물어다 감추듯 한다'

✽ 가을마당에 참새 날아들 듯 한다

어떤 것들이 떼를 지어 모여 든다는 뜻으로 하는 말.

✽ 가을 뻐꾸기 소리 같다

가을에는 뻐꾸기가 울지 않으니, 뭔가 믿기지 않는 말이라는 뜻으로 빗대는 말.

✽ 가을 식은 밥이 봄 양식이라

무엇이든지 충분할 때 아껴야 부족할 때 덜 힘들게 된다는 뜻.

✽ 가을장마가 더 무섭다

가을에는 추수를 해야 하기 때문에 비가 자주 오면 농사에 피해가 크다는 말.

✽ 가재는 게 편이고, 팔은 안으로 굽는다

같은 처지에 있는 쪽에 마음이 갈 수밖에 없다는 뜻으로 쓰는 말.
■ 비슷한 속담 : '초록은 동색이고 가재는 게 편이다'

✽ 가재 뒷걸음치듯 한다

어떤 일에 나서지 못하고 뒤로 물러서는 모습을 두고 하는 말.

✽ 가지나무에 수박 열린 격

도저히 불가능한 일이 이루어졌다는 뜻으로 이르는 말.

* 가지 많은 나무에 바람 잘 날 없다

자식을 많이 둔 부모는 걱정에서 벗어날 때가 없다는 뜻으로 하는 말.

■ 비슷한 속담 : '새끼 많이 둔 소가 길마 벗을 날이 없다'

* 간에 기별도 안 간다

어떤 것의 양이 매우 적다는 뜻으로 쓰는 말.

■ 비슷한 속담 : '누구 코에 붙이랴'

* 간에 붙었다 쓸개에 붙었다 한다

자기에게 이익이 되는 쪽으로, 말과 행동을 이리저리 바꾸는 사람을 두고 비꼬는 말.

* 간이라도 빼어 먹이겠다

매우 친한 사이라서 아무리 소중한 것도 다 줄 수 있을 정도라는 뜻이거나, 남에게 지나치게 아부하는 사람을 두고 빗대는 말.

* 간절히 원하면 이루어진다

무슨 일이든지 절실하게 바라고, 노력하면 이룰 수 있다는 뜻으로 하는 말.

* 갈매기 떼 있는 곳에 고기 떼 있다

갈매기 떼는 먹이 사냥을 위해 고기 떼를 쫓아다닌다는 데서 비롯된 말.

＊ 갈수록 태산이다

가면 갈수록 일이 어려워진다는 뜻으로 쓰는 말.

- 비슷한 속담 : '산 너머 산이요. 물 건너 물이라', '산은 오를수록 높고, 물은 건널수록 깊다'

＊ 감나무 밑에 누워서 홍시 떨어지기를 바란다

노력은 하지 않고 우연히 좋은 결과가 있기를 바란다는 뜻으로 쓰는 말.

＊ 감투 마다하는 놈 없다

누구든지 벼슬자리에 올라 권력을 쥐고 싶어 한다는 뜻.

＊ 갑이요 을이요 다툰다

이것이 맞다 저것이 맞다, 서로 말씨름을 한다는 뜻으로 하는 말.

＊ 값은 깎아도 물건은 나무라지 마라

값을 깎는 것은 실례가 되지 않지만, 남의 물건을 나쁘게 말하는 것은 큰 실례가 된다는 말.

＊ 갓 사러 갔다 망건 산다

본래의 목적을 바꾸어 다른 일을 했다는 뜻으로 쓰는 말.

＊ 갓 쓰고 양복 입기

어떤 일이나 모양이 전혀 어울리지 않는다는 뜻으로 비꼬는 말.

■ 비슷한 속담 : '갓 쓰고 자전거 타기'

＊ 갓 쓰고 자전거 타기
형편이나 상황에 전혀 어울리지 않는다는 뜻으로 비꼬아 하는 말.
■ 비슷한 속담 : '갓 쓰고 양복 입기'

＊ 강 건너간 놈 지팡이 팽개치듯 한다
사람이나 물건을 이용할 만큼 이용한 후, 쉽게 버린다는 뜻으로 하는 말.
■ 비슷한 속담 : '헌 신짝 버리듯 한다'

＊ 강 건네주니 보따리 채간다
은혜를 베풀어 주었는데 오히려 손해를 입힌다는 뜻으로 쓰는 말.
■ 비슷한 속담 : '물에 빠진 놈 건져 주니까, 보따리 내 놓으란다',
'은혜를 원수로 갚는다'
■ 반대 속담 : '머리를 풀어 짚신을 삼는다'

＊ 강남 갔던 제비도 돌아오면 반갑다
철새가 돌아와도 반가운데, 하물며 사람을 오랜만에 만나면 얼마나 반갑겠느냐는 뜻으로 하는 말.

＊ 강아지도 제 어미는 알아본다
짐승도 저를 낳아준 어미를 알아보는데, 하물며 사람이 제 부모의 은혜를 잊어서야 되겠느냐 뜻으로 쓰는 말.

* 강아지 어미 따르듯 한다

강아지가 어미 뒤를 졸졸 따라다니는 것처럼, 누군가를 늘 따라다닌다는 뜻으로 쓰는 말.

* 강이 아니면 건너지 말고, 산이 아니면 넘지를 마라

이치에 맞지 않는 일은 어떤 경우라도 해서는 안 된다는 뜻으로 이르는 말.

* 같은 값이면 다홍치마

값이 같거나 힘이 똑같이 드는 것이라면, 조금이라도 자기에게 유리한 쪽을 선택하게 된다는 뜻.

* 같은 말이라도 아 다르고 어 다르다

같은 말을 하더라도 말투에 따라 다르게 들릴 수 있으니 주의해야 한다는 뜻.
- 비슷한 속담 : '지어 놓은 밥도 먹으라는 것 다르고, 잡수라는 것 다르다'

* 같은 풀도 소가 먹으면 젖이 되고, 뱀이 먹으면 독이 된다

똑같은 것을 익혀도 사람 됨됨이에 따라 훌륭하게 쓰일 수도 있고, 남을 해치는 일에 쓰일 수도 있다는 뜻으로 하는 말.
- 비슷한 속담 : '뱀이 이슬을 마시면 독이 되고, 매미가 이슬을 마시면 노래가 된다'

* 개가 맨발로 다니니까 여름인 줄 안다

계절이나 날씨에 맞지 않는 옷을 입거나 행동하는 사람을 두고 하는 말.

* 개가 미치면 주인도 문다

누구라도 분별력을 잃게 되면, 해서는 안 될 행동까지 하게 된다는 뜻.

* 개구리가 올챙이 적 생각 못 한다

힘이 강해지거나 어떤 일을 잘 하게 되면 지난날 어리석거나 힘들었던 때를 잊고 겸손하지 않게 행동을 한다는 뜻으로 쓰는 말.

* 개구리가 징검다리 건너듯 한다

어떤 일을 매우 조심스럽게 한다거나 매우 어려운 일을 시도한다는 뜻으로 쓰는 말.

* 개구리 뱀 보듯 한다

뱀에게 잡아 먹힐까봐 걱정하는 개구리처럼, 어떤 것이 몹시 싫거나 두려워하는 표정이라는 뜻으로 하는 말.

* 개구리에게 헤엄 가르치기

어떤 일을 매우 잘 하는 사람에게 쓸데없는 노력을 들인다는 뜻으로 쓰는 말.

* 개 눈에는 똥밖에 안 보인다

어떤 것에 욕심을 강하게 두면, 오로지 그것만 찾기 마련이라는 뜻.

* 개는 놀아도 밥 주고, 소는 일해도 죽 준다

타고난 역할에 따라 대우를 받게 된다는 뜻이거나, 세상일이 불공평하다는 뜻으로 쓰는 말.

■ 비슷한 속담 : '건더기 먹는 놈 따로 있고, 국물 먹는 놈 따로 있다'

* 개는 도둑을 지키고 닭은 때를 알린다

모든 동물들이 각각 하는 일이 다 있는 것처럼, 사람은 누구나 자기의 할 일이 있다는 뜻으로 쓰는 말.

* 개도 뒤 본 자리는 덮는다

자기가 저지른 부끄러운 일을 마무리 하지 않는 사람을 두고 비꼬는 말.

* 개도 물린 자리를 두 번 물리지 않는다

누구나 한 번 당하지 두 번 당하지 않는다는 뜻으로 하는 말.

■ 비슷한 속담 : '한 번 속지 두 번 안 속는다'

* 개도 물어가지 않겠다

아주 하찮은 것이라서 어느 누구도 욕심내지 않겠다는 뜻.

* 개도 밥 먹을 때는 안 때린다

밥을 먹는 일은 누구에게나 아주 중요한 일이기 때문에, 방해를 하면 안 된다는 뜻으로 하는 말.

* 개도 세 번 보면 꼬리를 친다

낯이 익어 정이 들면 서로 반기는 사이가 된다는 뜻으로 이르는 말.

* 개도 안 물고 갈 소리 한다

아무 쓸모도 없는 말을 함부로 지껄인다는 뜻으로 하는 말.

* 개도 여러 마리면 호랑이도 잡는다

작은 힘이라도 여럿이 합하면 큰일을 해 낼 수 있다는 뜻으로 하는 말.

- 비슷한 속담 : '거미줄이 천 겹이면 호랑이도 묶는다', '모기도 천이 모이면 천둥소리를 낸다'

* 개도 은혜를 안다

짐승도 제가 받은 것에 대한 고마움을 아는데, 사람이라면 받은 은혜를 당연히 잊지 말아야 한다는 뜻으로 쓰는 말.

- 비슷한 속담 : '말 못하는 짐승도 사람의 공을 안다'
- 반대 속담 : '머리 검은 짐승은 은혜를 모른다', '흥부네 집 제비 새끼만도 못하다'

＊ 개똥도 약에 쓰려면 없다

아주 흔한 것도 막상 필요할 때 쓰려고 찾으면 없다는 말.

＊ 개똥밭에 굴러도 이승이 좋다

이 세상살이가 아무리 힘들고 고통스러워도, 죽는 것보다 살아가는 것이 낫다는 뜻으로 쓰는 말.

■ 비슷한 속담 : '산 개가 죽은 정승보다 낫다', '죽어 극락보다 살아 지옥이 낫다'

＊ 개똥에 미끄러져 쇠똥에 입 맞춘다

재수없는 일이 이어서 생긴다는 뜻으로 하는 말.

＊ 개를 뼈다귀로 때리면 먹으라고 주는 줄 안다

분별력이 없으면 본뜻은 알지 못하고 자기 좋을 대로만 생각하게 된다는 말.

＊ 개미가 떼 지어 이사를 하면 비가 온다

하찮다고 생각하는 동물의 행동을 보고 날씨를 미리 알 수 있는데, 개미가 줄을 지어 이동하면 머지않아 비가 올 것을 알 수 있다는 뜻.

＊ 개미가 큰 바윗돌을 굴리려고 하는 셈

제 힘으로는 도저히 감당해 낼 수 없는 일을 한다는 뜻으로 이르는 말.

■ 비슷한 속담 : '달걀로 바위치기', '사마귀가 수레에 덤벼드는 꼴'

✳ 개미구멍 하나가 큰 제방 둑을 무너뜨린다

아무리 크고 대단한 것도 작은 흠 하나로 망칠 수 있다는 뜻으로 하는 말.

■ 비슷한 속담 : '작은 틈만 있어도 배는 가라앉는다', '제방은 하찮은 쥐구멍으로부터 무너진다'

✳ 개밥에 도토리

남들과 잘 어울리지 못하고 혼자 떨어져 무척 외로운 처지라는 뜻으로 하는 말.

✳ 개 버릇 남 못 준다

나쁜 버릇은 쉽게 고치기 힘들다는 뜻으로, 처음부터 좋은 습관을 들여야 한다는 말.

✳ 개에게 주어도 아깝지 않다

전혀 필요 없는 물건이라는 뜻으로 쓰는 말.

✳ 개와 원숭이 사이

사이가 매우 좋지 않은 관계라는 뜻으로 하는 말.

✳ 개 이빨에 금박이, 돼지 목에 목걸이

도무지 어울리지 않는 것들로 지나치게 꾸민다는 뜻으로 비꼬는 말.
  ■ 비슷한 속담 : '돼지 발톱에 봉숭아 물'

* 개 입에서 상아 날까

  본바탕이 보잘 것 없는데 거기서 훌륭한 것이 생겨날 수 있느냐는 뜻으로 비꼬는 말.

* 개천에서 용난다

  좋지 못한 환경에서 훌륭한 인물이 나왔다는 뜻으로 쓰는 말.
  ■ 비슷한 속담 : '값진 진주도 진흙 조개에서 나온다'

* 개팔자가 상팔자라

  사는 것이 매우 힘들다는 뜻으로 하는 말.

* 거름 지고 장에 간다

  남들이 한다고 무조건 따라하는 사람을 두고 하는 말.
  ■ 비슷한 속담 : '남이 쌀자루 지고 장에 간다니까, 나는 똥거름 진
               채 따라 나선다', '망둥이가 뛰니까 꼴뚜기도 뛴다',
               '친구 따라 강남 간다'

* 거미 똥구멍에서 거미줄 나오듯 한다

  거미 꽁무니에서 거미줄이 막힘없이 나오듯, 어떤 것이 술술 나온다는 뜻으로 쓰는 말.

＊ 거미줄에 걸린 나비 꼴

나비가 거미줄에 걸려 움직이지 못하는 것처럼, 전혀 행동을 할 수 없는 상태라는 뜻으로 쓰는 말.

＊ 거미줄이 천 겹이면 호랑이도 묶는다

작은 힘이라도 여럿이 합치면 큰일을 이룰 수 있다는 뜻으로 쓰는 말.

- 비슷한 속담 : '개도 여러 마리면 호랑이도 잡는다', '모기도 천이면 천둥소리를 낸다'

＊ 거미 줄 타듯 한다

어떤 일이나 행동을 아슬아슬하게 한다거나, 또는 매우 능숙하게 해낸다는 뜻으로 하는 말.

＊ 거북이 고기를 먹었나

움직임이나 일을 해나가는 속도가 매우 느리다는 뜻으로 비꼬아 쓰는 말.

- 비슷한 속담 : '굼벵이 굴러가듯 한다', '십 리에 한 걸음, 오 리에 한 걸음'
- 반대 속담 : '쏜 살 같다', '호랑이 다리를 삶아 먹었나'

＊ 거울 들여다보듯 한다

어떤 일이나 사람의 마음속을 훤히 다 알고 있다는 뜻으로 쓰는 말.

■ 비슷한 속담 : '손바닥 들여다보듯 한다'

* 거지가 동냥바가지 자랑하듯 한다
남들이 보기에는 아주 하찮은 것인데 매우 소중하게 여기는 사람을 두고 하는 말.

* 거지가 뱃속에 들어 있나
음식에 욕심을 내거나 지나치게 많이 먹는 사람을 두고 하는 말.
■ 비슷한 속담 : '굶어 죽은 귀신이 붙었나'

* 거지 노릇만 하라는 팔자는 없다
누구나 노력을 하면 고통스러운 처지를 벗어나 잘 살 수 있다는 뜻.
■ 비슷한 속담 : '거지 삼대 없고, 부자 삼대 없다', '부자가 삼대를 못 가고, 빈자가 삼대를 안간다'

* 거지는 배 채우는 날이 생일이다
가난해서 먹을 것이 없으면, 배부르게 먹는 날을 생일로 생각하게 된다는 말.

* 거지도 돈 복보다 자식 복을 더 바란다
아무리 가난해도 돈을 많이 버는 것보다, 자식 훌륭하게 자라는 것을 더 바란다는 뜻으로 이르는 말.

* 거지도 발로 차며 주는 것은 받지 않는다

아무리 힘들게 살아도 자존심을 상하게 하는 것은 받아들이지 않는다는 말.

* 거지 줄 것은 없어도 도둑맞을 물건은 있다

아무리 가난한 집에도 다른 사람들에게 필요한 물건이 있기 마련이라는 뜻으로 하는 말.
- 비슷한 속담 : '세 끼 밥 끓일 쌀은 없어도, 도둑이 훔쳐갈 것은 있다'

* 거짓말도 자꾸 하면 버릇이 된다

거짓말을 자주 하면 습관이 되어 고치기 어렵게 된다는 뜻.

* 거짓말은 거짓말을 낳는다

거짓말을 하면 그것에 맞추기 위해 자꾸 더 거짓말을 하게 된다는 뜻으로 하는 말.

* 거짓말은 사흘 가고 창피는 석 달 간다

거짓말은 금방 탄로 나기 마련이고 거짓말을 한 부끄러움은 오래 가게 되니, 솔직한 것이 더 낫다는 뜻으로 쓰는 말.

* 걱정이 반찬이면 상발이 무너진다

많은 걱정이 있다거나 괜한 걱정을 끝없이 하는 사람을 두고 하는 말.

✳ 건강은 건강할 때 지켜야 하고, 돈은 있을 때 아껴야 한다

건강은 한 번 잃으면 다시 찾기 어렵고, 돈은 항상 벌 수 있는 것이 아니기 때문에 조심하고 아껴야 된다는 말.

✳ 건더기 먹는 놈 따로 있고, 국물 먹는 놈 따로 있다

세상이 공평하지 않다는 뜻으로 쓰는 말.

■ 비슷한 속담 : '개는 놀아도 밥 주고, 소는 일해도 죽 준다'

✳ 건드리지 않는 벌은 쏘지 않는다

먼저 시비를 걸지 않으면 상대방도 이유 없이 공격하지 않는다는 뜻으로 하는 말.

✳ 건시나 곶감이나, 백구두나 흰구두나

이거나 저거나 말만 다를 뿐 같은 것이라는 말.

✳ 걷기도 전에 뛰려고 한다

쉬운 것도 못하면서 어려운 것을 하려고 덤빈다는 뜻으로 쓰는 말.

✳ 걸어다니는 참새, 뛰어다니는 제비

매우 보기 드문 일이라는 뜻으로 쓰는 말.

✳ 걸음아 날 살려라 한다

아주 급한 일을 하거나, 어떤 것으로부터 바쁘게 피하는 행동을 두고 하는 말.

* 검댕이를 검댕이로 문질러 지운다

문제를 해결하는 방법이 잘못 되어 전혀 효과를 얻을 수 없는 경우를 두고 이르는 말.

* 검은 것은 글자고 하얀 것은 종이다

글을 전혀 모른다는 뜻으로 쓰는 말.

■ 비슷한 속담 : '가갸 뒷자도 모른다', '낫 놓고 기역자도 모른다'

* 검은 데 가면 검어지고, 흰 데 가면 희어진다

못된 사람과 어울리면 악해지고, 착한 사람과 어울리면 선해진다는 뜻.

■ 비슷한 속담 : '까마귀 노는 데 백로야 가지마라'

* 검은 머리 파뿌리 되도록

늙을 때까지 어떤 마음이나 행동이 변하지 않겠다는 뜻이거나, 아주 오래 산다는 뜻으로 하는 말.

* 겉은 범이고 속은 양이다

겉모습은 매우 사납게 보이지만, 속마음은 아주 순하다는 뜻으로 하는 말.

■ 반대 속담 : '양의 탈을 쓴 이리'

* 게는 엄지발이 없어도 산다

가장 소중한 것이 없어져도 산다는 말로, 사람이 무엇인가를 크게 잃어도 다른 방법을 통해 살아갈 수 있다는 뜻.
■ 비슷한 속담 : '이 없으면 잇몸으로 산다'

* 게으른 놈 저녁때가 바쁘다
실컷 게으름을 피우다가 뒤늦게야 바쁘게 허둥댄다는 뜻으로 쓰는 말.

* 게으른 부자 없고, 부지런한 가난뱅이 없다
게으르면 가난하게 살 수밖에 없고, 부지런하면 누구나 부자가 될 수 있다는 말.

* 게으른 자는 먹지도 말라
모든 것은 부지런한 사람들의 노력으로 얻은 것이기에 게으른 사람은 먹을 자격도 없다는 말.

* 겨 묻은 개가 똥 묻은 개를 흉본다
크게 다를 바 없는 주제에 저보다 조금 못한 사람을 업신여긴다는 뜻으로 하는 말.

* 겨울 멋쟁이 얼어 죽고, 여름 멋쟁이 쪄 죽는다
멋 부릴 생각만 하는 사람은 어쩔 수 없이 큰 고통을 당할 수 있다는 뜻으로 쓰는 말.

✱ 겨울바람이 봄바람 보고 춥다 한다

자신보다 나은 상대방을 주제넘게 나무란다는 뜻으로 비꼬는 말.

- ■ 비슷한 속담 : '가랑잎이 솔잎더러 와삭거린다고 한다', '남의 눈 속에 있는 티끌은 보면서, 자기 눈 속의 대들보는 보지 못한다', '제 흉은 묻어놓고 남의 흉본다'

✱ 겨울에 눈이 많이 내리는 그 해에는 가뭄이 없다

겨울에 온 눈이 물 부족을 해결해 준다는 뜻이거나, 비와 눈이 비례해서 온다는 뜻으로 쓰는 말.

✱ 겨울이 추워야 오는 농사 대풍 든다

겨울이 아주 추우면 해충이 다 얼어 죽어, 그 해 농사는 풍년이 된다는 말.

✱ 고개는 보릿고개가 제일 높고, 새는 먹새가 제일 크다

봄철에 보리가 익지 않아 굶주리며 지내야 하는 보릿고개가 무척 고통스럽다는 말. 먹새란 먹어 치우는 양이라는 뜻으로, 사람들이 먹어대는 것을 감당하기 쉽지 않다는 뜻.

✱ 고기는 씹어야 맛이고, 말은 해야 맛이라

어떤 일이든 직접 경험해야 제대로 알 수 있고, 말로 제 속을 털어놔야 세상 살맛이 더해진다는 뜻으로 하는 말.

＊ 고기도 놓친 고기가 커 보이고, 떡도 남의 떡이 더 커 보인다

얻지 못한 것이나 남이 가지고 있는 것이 더 좋아 보인다는 뜻으로 하는 말.

- 비슷한 속담 : '남의 떡이 더 커 보인다', '남의 밥에 든 콩이 더 커 보인다'

＊ 고래 싸움에 새우 등 터진다

힘 센 것들의 싸움에 별 관계도 없는 약자가 피해를 입는다는 말.

＊ 고목나무에 매미

아주 큰 것에 조그마한 것이 붙어 있는 모양을 두고 하는 말.

＊ 고삐 풀린 찌러기 소

'찌러기 소'는 성질이 몹시 사나운 황소. 성질이 몹시 사나운 짐승이나 사람이 함부로 날뛴다는 뜻으로 쓰는 말.

＊ 고생 끝에 낙이 온다

힘든 일이라도 고생을 견디면서 노력하면, 결국 행복해진다는 뜻.

- 비슷한 속담 : '궂은 날 끝엔 좋은 날도 있다'

＊ 고생을 사서 한다

안 해도 될 일을 해서 스스로 힘들게 하는 사람을 두고 하는 말.

✻ 고양이가 쥐 가지고 놀듯

강자가 약자를 마음대로 다룬다는 뜻으로 하는 말.

✻ 고양이가 쥐 생각하듯

측은하게 여기는 마음이 거의 없이 오로지 제 욕심만으로 상대를 대한다는 말.

✻ 고양이도 배가 부르면 쥐와 함께 논다

가진 것이나 먹을 것이 많게 되면 해야 할 일조차 하지 않고 게으름을 피우게 된다는 뜻으로 쓰는 말.

✻ 고양이 목에 방울 달기

실제로 행하기 매우 어려운 일을 서로 의논한다는 뜻으로 하는 말.

✻ 고양이 보고 범을 그린다

어떤 것과 비슷한 것을 보고 실제와 다르게 흉내만 낸다는 뜻으로 쓰는 말.

✻ 고양이 세수하듯 한다

어떤 일을 열심히 하지 않고 대충 흉내만 내는 사람을 두고 하는 말.

■ 비슷한 속담 : '말 달리며 산 구경하기', '수박 겉 핥기'

✳ 고양이 앞에 쥐 꼴

무서운 상대 앞에서 꼼짝 못하며 잔뜩 움츠리고 있는 모습을 두고 하는 말.

✳ 고양이 죽는데 쥐 구경

괴롭히던 것이 없어져 마음껏 즐길 수 있다는 뜻으로 하는 말.

✳ 고양이 죽은데 쥐 눈물만큼

미운 상대가 없어졌는데 슬퍼할 이유가 없으니, 어떤 것이 거의 없다는 뜻으로 쓰는 말.

✳ 고우니 미우니 해도 제 자식밖에 없다

자식이 못된 행동을 할 때도 있지만, 부모에게는 제일 소중한 존재라는 뜻.

✳ 고운 사람은 울어도 곱고, 미운 사람은 웃어도 밉다

한 번 곱게 보면 미운 짓도 다 좋게 보이고, 한 번 밉게 보면 고운 짓도 다 보기 싫다는 뜻.
- 비슷한 속담 : '받으러 와도 고운 사람 있고, 주러 와도 미운 사람 있다'

✳ 곡식은 농부의 땀을 먹고 자란다

곡식이 잘 자라게 하기 위해서는 농부가 무척 많은 고생을 해야 한다는 말.

■ 비슷한 속담 : '쌀 한 알이 땀 한 방울이다'

* 곡식을 가지고 장난하면 곰보색시 얻는다

농부들이 힘들게 지은 농산물을 소중하게 생각해야 한다는 뜻
으로 이르는 말.

* 곪은 달걀이 병아리 될까

도저히 있을 수 없는 일이라는 뜻으로 하는 말.

* 곰도 뒹굴 재주는 있다

아무리 능력이 없다고 해도, 살펴보면 누구나 잘하는 것이 있
기 마련이라는 뜻으로 하는 말.
■ 비슷한 속담 : '굼벵이도 구르는 재주가 있다', '타고난 재주 사람
마다 하나씩은 다 있다'

* 곰 발바닥 같다

몸의 감각이나 감정이 매우 무딘 사람을 두고 비꼬는 말.

* 곰이 보면 할아비 하겠다

하는 짓이 아주 미련한 사람을 두고 빗대는 말.

* 곳간에서 인심난다

먹을 것이 충분해야 남에게 인심도 쓸 수 있다는 뜻으로 하는
말.

✳ 곳간 쥐는 쌀 고마운 줄을 모른다

힘 들이지 않고 살아가는데 익숙해지면 세상에 대한 고마운 마음을 잊게 된다는 뜻으로 하는 말.

■ 비슷한 속담 : '복 속에서 복을 모른다'

✳ 공것 바라면 이마가 벗어진다

아무 노력이나 대가 없이 얻으려고만 하면 손해 볼 일이 생긴다는 말.

✳ 공든 탑이 무너지랴

정성을 쏟은 일은 실패하는 경우가 아주 드물다는 뜻으로 쓰는 말.

✳ 공말 탄다

아무 힘도 들이지 않고 이득을 얻는다는 뜻으로 하는 말.

✳ 공부 할 시간이 없다는 사람, 시간이 있어도 안 한다

어떤 일에나 시간 평계를 대는 사람은 실천력이 없어 무슨 일도 할 수 없다는 뜻.

✳ 공작 털 꽂고 다니는 까마귀

자신의 본 모습을 감추고 남을 속이려는 사람을 두고 하는 말.

✳ 공짜라면 양잿물도 마신다

정당한 대가를 지불하지 않아도 된다면 분별력을 잃기 쉽다는 뜻으로 쓰는 말.

✽ 구더기 무서워서 장 못 담그랴
사소한 방해 때문에 큰일을 하지 않을 수 없다는 뜻으로 쓰는 말.

✽ 구름 그림자 지나가듯
아주 잠깐 머물다가 지나가는 것을 두고 하는 말.

✽ 구름 의자에 앉은 것 같다
몸과 마음이 아주 가볍고 편안하거나 앉은 자리가 아주 폭신하다는 뜻.

✽ 구름 잡아 타고 하늘로 날겠다고 한다
아주 터무니없는 생각이라는 뜻으로 쓰는 말.

✽ 구슬이 서 말이라도 꿰어야 보배라
아무리 소중한 것이 널려 있다고 해도, 그것을 쓸 수 있도록 만들어야 가치가 있다는 뜻.

✽ 국에 데고 찬물 불어 마신다
어떤 일에 한 번 놀라게 되면 그것과 비슷한 것만 보아도 겁을 먹고 조심한다는 뜻.

* 국을 말아먹든 비벼먹든

이렇게 하든지 저렇게 하든지 상관하지 말라는 뜻으로 이르는 말.

* 굴뚝에서 빼놓은 족제비 같다

무엇인가 아주 검고 지저분한 모양을 두고 하는 말.
- 비슷한 속담 : '까마귀가 형님 하겠다'

* 굴러 들어온 떡

전혀 기대하지 않은 이익이 저절로 생겼다는 뜻으로 쓰는 말.

* 굴러 온 돌이 박힌 돌 뺀다

본래 터를 잡고 있었던 사람에게 새로 들어온 사람이 해를 입힌다는 뜻.

* 굶기를 밥 먹듯 한다

밥을 무척 자주 굶는다는 뜻으로 쓰는 말.

* 굶어 죽으라는 법 없다

아무리 어려운 처지라도 살아날 방법은 있다는 뜻으로 하는 말.
- 비슷한 속담 : '산 사람 입에 거미줄 치랴'

* 굶어 죽은 귀신이 붙었나

음식을 허겁지겁 먹는 모습을 두고 비꼬는 말.
- 비슷한 속담 : '거지가 뱃속에 들어 있나'

* 굶주린 끝에 먹는 고기 맛이다
굶주리면 무슨 음식이든 맛있고 탐스럽게 먹을 수밖에 없다는 뜻.
- 비슷한 속담 : '시장이 반찬이다'

* 굼벵이 굴러가듯 한다
행동이 매우 느리다는 뜻으로 비꼬는 말.
- 비슷한 속담 : '거북이 고기를 먹었나', '십 리에 한 걸음, 오 리에 한 걸음'
- 반대 속담 : '쏜 살 같다', '호랑이 다리를 삶아 먹었나'

* 굼벵이도 구르는 재주가 있다
아무리 작고 보잘것없는 것 같아도, 한 가지 재주는 있다는 뜻으로 쓰는 말.
- 비슷한 속담 : '곰도 뒹굴 재주는 있다', '타고난 재주 사람마다 하나씩은 다 있다'

* 굼벵이도 변하면 매미가 된다
별것 아닌 것도 때가 되면 크게 달라질 수 있다는 뜻으로 하는 말.

* 궁둥이 돌려 앉을 곳도 없다
어떤 공간이 매우 좁다는 뜻으로 쓰는 말.

* 궂은 날 끝엔 좋은 날도 있다
힘든 날들을 잘 견디면 반드시 좋은 날이 온다는 뜻으로 하는 말.

■ 비슷한 속담 : '고생 끝에 낙이 온다'

* 귀는 귀양을 보냈나

남이 하는 말을 제대로 듣지 않는 사람을 두고 비꼬는 말.
■ 비슷한 속담 : '귀에 말뚝을 박았나'

* 귀동냥 눈동냥 한다

정식으로 배우는 것이 아니라 눈으로 보고 귀로 들어서 안다는 뜻.

* 귀신도 곡할 노릇

어떤 일이 신기하게 딱 들어맞거나 아무도 눈치 채지 못하는
사이에 일이 이루어진다는 뜻으로 쓰는 말.

* 귀신 씻나락 까먹는 소리

말도 안 되는 헛소리를 한다는 뜻이거나 다른 사람들이 알아듣
지 못하게 우물우물 거린다는 뜻으로 쓰는 말.
■ 비슷한 속담 : '더운 밥 먹고 식은 말 한다', '된밥 먹고 선소리 한
다', '새 뒤집어 날아가는 소리 한다', '장마 도깨비
여울 건너가는 소리'

* 귀신은 속여도 땅은 못 속인다

농부들이 농사에 얼마나 정성을 들이느냐에 따라 곡식을 거둘
수 있다는 뜻으로 쓰는 말.

⁎ 귀에 걸면 귀걸이 코에 걸면 코걸이

정해진 원칙이 없어 이렇게 저렇게 둘러대는 대로 들어맞는다는 뜻.

⁎ 귀에 달고, 입에 고소하다

듣는 사람이나 말하는 사람 모두에게 좋은 말이라는 뜻.

⁎ 귀에 말뚝을 박았나

남의 말을 잘 알아듣지 못하는 사람을 두고 하는 말.

  ■ 비슷한 속담 : '귀는 귀양을 보냈나'

⁎ 귀에 못이 박히겠다

같은 말을 수없이 되풀이하여 더 이상 들어주기 힘들다는 뜻으로 쓰는 말.

⁎ 귀여워하는 할머니보다 미워하는 어머니가 낫다

무조건 귀여워 해주는 할머니의 애정보다, 어머니의 꾸짖는 사랑이 자식의 앞날을 위해서는 더 필요하다는 뜻.

⁎ 귀 풍년에 입 가난이다

먹는 이야기는 풍성한데, 막상 자기 입에 들어가는 음식은 없다는 뜻.

* 귀한 자식 매 한 대 더 때리고, 미운 자식 떡 한 개 더 준다

자식이 올바르게 자라도록 하려면, 무조건 베풀어 주기보다는 바른 행실을 하도록 꾸짖는 엄한 교육이 필요하다는 뜻으로 하는 말.

* 그림의 떡

갖고 싶어도 절대 가질 수 없는 것이라는 뜻으로 하는 말.

* 긁어 부스럼

그냥 두면 괜찮을 것을 공연히 건드려 일을 악화시켰다는 뜻으로 쓰는 말.

* 금강산도 식후경

무슨 일을 하더라도 배고픔을 해결하는 것이 우선이라는 뜻.

* 금을 준들 너를 사며, 은을 준들 너를 사랴

부모에게는 자식보다 더 귀한 것이 이 세상에 있을 수 없다는 뜻으로 하는 말.

■ 비슷한 속담 : '금이야 옥이야 한다', '불면 날아갈 듯, 쥐면 꺼질 듯'

* 금이야, 옥이야 한다

어떤 사람이나 물건을 매우 소중하게 여겨 정성을 들인다는 뜻으로 하는 말.

■ 비슷한 속담 : '금을 준들 너를 사며, 은을 준들 너를 사랴', '불면

날아갈 듯, 쥐면 꺼질 듯'

✱ 급한 놈이 우물 판다

급한 처지가 되면 스스로 해결책을 마련한다는 뜻으로 이르는 말.

✱ 급할수록 돌아가라

급하다고 서두르면 일을 망칠 수 있으니, 급할수록 차분하게
행동하라는 뜻.

- 비슷한 속담 : '바쁘게 먹는 밥에 체한다', '빠른 걸음에 넘어지기
쉽다', '질러가는 길이 먼 길이다'

✱ 기대가 크면 실망도 크다

어떤 일에 기대가 지나치게 크면, 일의 결과가 좋지 못했을 때
실망도 무척 크다는 말.

✱ 기둥뿌리가 흔들린다

돈을 많이 쓰게 되어 재산이 줄어든다는 뜻으로 쓰는 말.

✱ 기러기가 가면 제비가 온다

겨울이 가면 봄이 오는 것처럼, 어떤 것이 끝나면 새로운 것이
찾아오기 마련이라는 뜻.

✱ 기러기 떼에도 길잡이가 있고, 벌에도 왕벌이 있다

어느 무리에나 그것을 이끌어 나가는 우두머리가 있다는 뜻.

* 기름에 기름 탄 듯

기름과 기름이 서로 잘 섞이는 것처럼, 갈등 없이 서로 잘 지낸다는 뜻으로 쓰는 말.

■ 반대 속담 : '기름에 물 탄 듯'

* 기름에 물 탄 듯

기름과 물이 서로 섞이지 못하는 것처럼, 서로 잘 어우러지지 않는다는 뜻.

■ 반대 속담 : '기름에 기름 탄 듯'

* 기쁨은 나눌수록 커지고 슬픔은 나눌수록 준다

기쁜 일이든, 슬픈 일이든 남들과 함께 나누는 것이 좋다는 뜻으로 이르는 말.

* 기운 세다고 소가 왕 노릇 할까

힘만 세다고 우두머리가 될 수 없고, 지혜가 있어야 사람들을 다스릴 수 있다는 뜻.

* 길고 짧은 것은 재보아야 안다

무엇인가를 판단하려면 어림짐작이 아니라 행동으로 확인해야 한다는 뜻으로 쓰는 말.

* 길을 막고 물어보라

어떤 일에 대해서 누구에게 물어봐도 자기와 같은 생각일 거라는 뜻으로 하는 말.

* 깊은 물에는 안 빠져도, 얕은 물에는 빠진다
깊은 물은 조심하게 되어 탈이 없지만, 얕은 물에서는 방심하다가 빠질 수 있다는 뜻으로 어려운 일보다 오히려 쉬운 일에 더 많은 실수를 하게 된다는 말.

* 까마귀가 검다고 속까지 검을까
무엇이든지 겉모습만 보고 좋고 나쁨을 판단하지 말라는 뜻으로 하는 말.
- 비슷한 속담 : '가마솥이 검기로 밥도 검을까'

* 까마귀가 형님 하겠다
피부가 검게 탔거나, 잘 씻지 않아 모습이 지저분한 사람을 두고 비꼬아 하는 말.
- 비슷한 속담 : '굴뚝에서 빼놓은 족제비 같다'

* 까마귀 고기를 먹었나
기억력이 희미해서 잘 잃거나 잊어버리는 사람을 두고 비꼬는 말.

* 까마귀 날자 배 떨어진 격
서로 아무 관계없는 일이 공교롭게 동시에 일어나 오해를 받는다는 뜻.

✽ 까마귀 노는 데 백로야 가지마라

악한 사람과 어울리면 선한 사람도 물들 수 있다는 뜻으로 쓰는 말.

- 비슷한 속담 : '검은 데 가면 검어지고. 흰 데 가면 희어진다'

✽ 까마귀는 검은 빛이 아름답고, 두루미는 흰 빛이 아름답다

누구나 본래 모습이 가장 잘 어울린다는 말로, 남 따라 외모를 바꾸려하지 말고 자신의 모습을 사랑하라는 뜻.

✽ 까마귀는 자라서 어미를 먹인다

새끼 까마귀가 자라면 은혜를 갚기 위해 늙은 어미에게 먹을 것을 가져다준다는 이야기에서 나온 말로, 누구라도 부모에게 보답할 줄 알아야 한다는 뜻으로 쓰는 말.

- 비슷한 속담 : '산에서 노는 까마귀도 석 달 열흘이 지나면 부모 공을 갚는다'

✽ 까마귀도 칠월칠석은 안 잊어버린다

어떤 중요한 날을 잘 잊어버리는 사람을 두고 핀잔하는 말.

✽ 까막까치도 저녁이면 제 집으로 돌아간다

돌아갈 집이 없다는 말이거나, 해가 지면 늦지 않게 집으로 들어가라는 뜻으로 쓰는 말.

- 비슷한 속담 : '새도 저물면 제 집으로 간다'

＊ 까치가 요란하게 지저귀면 귀한 손님이 온다
까치는 반가운 소식을 알려주는 새라는 생각에서 전해오는 말.

＊ 꺽꺽 푸드덕 장끼 갈 제, 아로롱 까투리도 따라간다
어떤 동물이든 암컷과 수컷이 잘 어우러져 사는 모습이 좋다는 뜻이거나, 어떤 일을 하는데 서로 호흡이 잘 맞는다는 뜻으로 쓰는 말.

＊ 꼬리가 길면 밟힌다
남이 모르게 하는 행동도 오랫동안 계속되면 결국 들킬 수밖에 없다는 뜻으로 쓰는 말.

＊ 꼬리에 꼬리를 문다
어떤 일이 연달아 일어난다는 뜻으로 하는 말.

＊ 꽃샘추위는 꾸어다 해도 한다
꽃이 필 무렵에 잠깐잠깐 추워지는 일은 틀림없이 있을 수밖에 없다는 뜻으로 하는 말.

＊ 꾀 장수가 힘 장수를 이긴다
무조건 힘으로만 해결하려는 사람보다, 꾀를 잘 쓰는 사람이 낫다는 뜻.

＊ 꿀 먹은 벙어리
말을 하지 않고 입을 꾹 다물고 있는 사람을 두고 하는 말.

＊ 꿀통 만난 곰

매우 좋아하는 것을 얻게 되어 어쩔 줄 모르는 모습을 두고 하는 말.

■ 비슷한 속담 : '물 만난 고기'

＊ 꿩 대신 닭

어떤 일에 최상의 것이 없으면 그것보다는 좀 못하지만 비슷한 것으로 대신한다는 뜻으로 쓰는 말.

＊ 꿩 먹고 알 먹는다

한 가지 일을 통해서 여러 가지 이익을 얻는다는 뜻으로 하는 말.

■ 비슷한 속담 : '꿩 먹고 알 먹고, 둥지 헐어 불쏘시개 하고, 깃털 뽑아 이 쑤시고, 다리 잘라 등 긁는다', '누이 좋고 매부 좋다', '도랑 치고 가재 잡고, 마당 쓸고 돈 줍고'

＊ 끈 떨어진 두레박 신세

의지할 데 없이 외로운 처지가 되었다는 뜻으로 하는 말.

■ 비슷한 속담 : '갓끈 떨어진 신세'

＊ 끝이 좋으면 다 좋다

어떤 일의 과정에서 좋지 않았던 것도 결과가 좋으면 모두 좋다고 생각하게 된다는 뜻.

＊ 나는 바담 풍 해도, 너는 바람 풍 해라

자신은 옳지 못한 행동을 하면서도, 남에게 옳은 행동을 요구한다는 뜻으로 하는 말.

＊ 나면서 배운 사람 없다

누구나 어릴 적부터 아는 것이 아니라, 세상 살아가면서 배우게 된다는 말.

＊ 나무에 오르라 하고 흔드는 격

남에게 어떤 일을 하도록 부추기고 곧바로 하는 일에 방해를 한다는 뜻으로 쓰는 말.

- 비슷한 속담 : '어르고 등친다', '이층에 올려 보내고 사다리 뺀다'
- 반대 속담 : '병 주고 약 준다', '뺨치고 등 어른다'

＊ 나비 만진 손으로 눈을 비비면 눈이 먼다

나비 날개에 있는 가루는 독성이 있어 조심해야 한다거나, 하찮다고 생각하는 생명이라도 함부로 다루지 말라는 뜻으로 쓰는 말.

＊ 나쁜 꿈을 꾸면, 생시에 좋은 일이 있다

꿈과 실제는 정반대라는 생각에서 비롯된 말.

＊ 나쁜 사람을 가까이하면 착한 사람이 멀어진다

좋지 못한 무리와 어울리게 되면, 좋은 친구들은 멀어질 수밖에 없다는 뜻.

* 나쁜 소문은 날아가고, 좋은 소문은 기어간다

남에 대한 말은 좋은 것보다 나쁜 것을 더욱 즐겨하는 것이 대부분 사람들의 마음이라는 뜻으로 쓰는 말.

* 나 싫은 것은 남도 싫어한다

내가 좋아하지 않는 것을 남에게 억지로 하게 하면 안 된다는 뜻으로 이르는 말.
- 비슷한 속담 : '제가 좋아야 남이 좋다', '제 못할 일을 남에게 하라고 하지 말라'

* 낙타가 바늘구멍 찾는 격

도저히 불가능한 일을 하려고 한다는 뜻으로 쓰는 말.
- 비슷한 속담 : '막대기로 하늘을 잰다', '보자기로 구름 잡으려 한다', '쥐구멍에 소 몰아 넣는다'

* 낚시 피한 고기가 그물을 만난 격이다

작은 어려움을 피했더니 더 큰 화가 닥쳤다는 뜻으로 비유하는 말.
- 비슷한 속담 : '구덩이를 피하다가 우물에 빠진다', '비를 피한다고 물속에 뛰어들고, 연기를 피한다고 불속에 뛰어든다'

* 낚싯밥이 좋아야 고기도 잡는다

이익을 얻기 위해서는 그럴듯한 물건이나 수단으로 꾀어내야 한다는 뜻.

＊ 날밤 가는 줄 모른다

시간이 지나가는 것도 모를 정도로 바쁘거나 재미있는 일에 푹
빠져있다는 말.

＊ 날아가는 방귀도 제 것이란다

매우 욕심이 많아 모든 것에 탐을 내는 사람을 두고 하는 말.

＊ 남 곯리는 게 저 곯는 게라

남에게 해를 끼치면 결국 자신도 힘들어지게 된다는 뜻으로 하
는 말.

- 비슷한 속담 : '남의 가슴에 못 박으면, 제 가슴에는 말뚝이 박힌
  다', '남의 눈에 눈물 내면, 제눈에는 피눈물이 난다'

＊ 남과 경쟁은 하고 시기는 마라

남들과 선의의 경쟁은 하더라도, 남이 잘 된 것을 두고 시기를
해서는 안 된다는 말.

＊ 남의 떡이 커 보인다

똑같은 것이라도 늘 남의 것이 더 좋게 보이는 게 사람의 마음
이라는 뜻으로 쓰는 말.

- 비슷한 속담 : '고기도 놓친 고기가 커 보이고, 떡도 남의 떡이 더
  커 보인다', '남의 밥에 든 콩이 더 커 보인다'

✳ 남의 밥에 든 콩이 더 커 보인다

서로 별 차이가 없어도 남의 것이 더 좋아 보이는 게 사람의 마음이라는 말.

■ 비슷한 속담 : '고기도 놓친 고기가 커 보이고, 떡도 남의 떡이 더 커 보인다', '남의 떡이 커보인다'

✳ 남의 밥에 모래 뿌린다

시기심이나 욕심이 사나워 남들에게 생기는 좋은 일에 심술을 부린다는 뜻으로 쓰는 말.

✳ 남의 쌀밥보다 내 보리밥이 낫다

남의 것이 아무리 좋게 보여도 자기 것에 만족하는 게 더 낫다는 뜻으로 이르는 말.

✳ 남의 욕을 내 앞에서 하는 사람은, 내 욕도 남에게 한다

남의 욕을 하는 사람은 항상 주의하라는 뜻으로 하는 말.

✳ 남이 쌀자루 지고 장에 간다니까, 나는 똥거름 진 채 따라 나선다

자기 주견이 없어 남들이 하는 일을 무조건 따라하는 사람을 두고 하는 말.

■ 비슷한 속담 : '거름지고 장에 간다', '망둥이가 뛰니까 꼴뚜기도 뛴다', '친구 따라 강남 간다'

✻ 낫 놓고 기역자도 모른다

아주 무식하여 가장 기초적인 것도 모른다는 뜻으로 비꼬아 쓰는 말.

■ 비슷한 속담 : '가갸 뒷자도 모른다', '검은 것은 글자고 하얀 것은 종이다'

✻ 낭비는 가난을 부른다

아끼지 않는 사람은 가난하게 살 수밖에 없다는 뜻으로 하는 말.

✻ 내 것 아니면 개똥같이 볼 일이다

자기 것이 아니라면, 어떤 것이라도 탐내지 말라는 뜻으로 쓰는 말.

✻ 내 얼굴에 침 뱉기

자기가 한 말과 행동으로 자신에게 해를 입힌다는 말이거나, 가족이나 친구의 흉을 보는 것은 스스로를 흉보는 것과 마찬가지라는 뜻으로 하는 말.

✻ 내일 닭보다 오늘 달걀이 낫다

아무리 좋아도 불확실한 것보다는 좀 못하더라도 확실한 지금의 것이 좋다는 말.

■ 비슷한 속담 : '이 장 개다리가 훗장 쇠다리보다 낫다'

✻ 내 집 드나들 듯 한다

어떤 곳을 자기 집처럼 자주, 그리고 편하게 드나든다는 뜻으로 하는 말.

✻ 내 코가 석 자

자기 일이 급해서 남의 일에 신경 쓸 겨를이 없다는 뜻으로 하는 말.

✻ 냉수 먹고 속 차려라

엉뚱한 마음을 갖지 말고 현실에 맞는 생각을 하라는 뜻으로 이르는 말.

✻ 넘어지면 코 닿을 데

어떤 곳의 거리가 아주 가깝다는 뜻으로 하는 말.

✻ 넥타이 매고 갓 쓰는 것도 제 멋이라

차림이 전혀 어울리지 않지만 자기가 좋으면 그만이라는 뜻.

✻ 논에 가서 밥 달라 하고, 우물에서 숭늉 달라겠다

성격이 몹시 급해 결코 가능하지 않은 요구를 한다는 뜻으로 하는 말.

✻ 놀고먹으면 부자도 망한다

아무리 부자라도 일을 하지 않으면 결국 가난하게 살 수밖에 없다는 뜻으로 이르는 말.

＊ 놀란 토끼의 눈이다

뭔가에 놀라거나 호기심이 생겨 토끼처럼 눈을 동그랗게 뜬 모양을 두고 하는 말.

＊ 농사꾼은 굶어 죽어도 볍씨는 베고 죽는다

농부는 씨앗을 가장 소중하게 생각한다는 뜻으로 하는 말.

＊ 누구 코에 붙이랴

어떤 것의 양이 매우 적어서 한 사람이 차지해도 많지 않은데 나누기에는 턱없이 부족하다는 뜻.
 - 비슷한 속담 : '간에 기별도 안 간다'

＊ 누워서 떡 먹기

어떤 일이 무척 쉽다는 뜻으로 하는 말.
 - 비슷한 속담 : '땅 짚고 헤엄치기', '상 밑에서 숟가락 줍기', '손바닥 뒤집기', '식은 죽 먹기'
 - 반대 속담 : '하늘에 별 따기'

＊ 누이 좋고 매부 좋다

한 가지 일로 서로 함께 이익을 볼 수 있다는 뜻으로 쓰는 말.
 - 비슷한 속담 : '꿩 먹고 알 먹는다', '도랑 치고 가재 잡고, 마당 쓸고 돈 줍고'

* 눈 가리고 아웅 한다

얕은꾀로 남을 속이려한다는 뜻으로 쓰는 말.

* 눈곱이 발등 찍겠다

세수를 안 해 눈에 큰 눈곱이 끼어 있다는 뜻으로 비꼬아 쓰는 말.

* 눈도 깜작 안 한다

어떤 일에 조금도 당황하지 않는다는 말이거나, 남의 말에 전혀 반응이 없다는 뜻으로 하는 말.
- 비슷한 속담 : '콧방귀도 뀌지 않는다'

* 눈도 풍년이요, 입도 풍년이라

구경할 것도 많고, 먹을 것도 많다는 뜻.

* 눈 뜨고 코 베어갈 세상

세상인심이 무척 사납다는 뜻으로 쓰는 말.

* 눈 뜬 장님이다

글을 모른다거나, 세상 돌아가는 사정을 전혀 알지 못하는 사람을 두고 하는 말.

* 눈 씻고 봐도 없다

아무리 자세히 보아도 찾으려는 것이 없다는 뜻으로 쓰는 말.

＊ 눈에 든 가시를 뺀 것 같다
보기 싫은 사람이나 물건이 없어져 후련하다는 뜻으로 하는 말.

＊ 눈은 마음의 거울이다
마음에 들어있는 생각은 반드시 눈에 나타난다는 뜻으로 하는 말.
- ■ 비슷한 속담 : '눈이 입보다 말을 더 잘 한다'

＊ 눈은 봤다고 하고, 목구멍은 못 봤다고 한다
어떤 것을 먹고도 전혀 배가 부르지 않다는 뜻으로 하는 말.
- ■ 비슷한 속담 : '밥 먹은 놈하고 입 맞춘 폭도 안 된다', '입은 봤다
  하고, 목구멍은 못 봤다 한다'

＊ 눈은 풍년, 입은 흉년
눈에 보이는 것은 많은데 자기가 차지할 것은 없다는 뜻으로 하는 말.

＊ 눈이 뒤통수에 달렸다
어떤 것을 보고도 제대로 구별하지 못하는 경우에 쓰는 말.

＊ 눈치코치만 남았다
남의 표정과 행동을 남다르게 잘 살피는 사람을 두고 하는 말.

＊ **늑대가 양을 지키고, 고양이가 생선을 지킨다**

　도저히 믿을 수 없는 상대에게 무엇인가를 맡기면 손해 볼 것이 당연하다는 뜻으로 쓰는 말.

＊ **늦잠은 가난 잠이다**

　게으른 사람은 가난하게 살 수밖에 없다는 뜻으로 쓰는 말.

　■ 비슷한 속담 : '편안이 가난'

✻ 다니는 개는 배 채우고, 누운 개는 배 차인다

부지런한 사람은 잘 살게 되고, 게으른 사람은 고생하게 된다는 뜻.

✻ 다 된 밥에 재 뿌린다

잘 되어 가는 일에 심술을 부려 일을 망치게 한다는 뜻으로 쓰는 말.

✻ 다람쥐 밤 물어다 감추듯 한다

먹을 것을 욕심껏 모아 숨겨두는 다람쥐처럼, 욕심을 잔뜩 부리는 사람을 두고 하는 말.

- 비슷한 속담 : '가을 다람쥐처럼 욕심도 많다'

✻ 다람쥐 쳇바퀴 돌 듯 한다

어떤 범위를 벗어나지 못하고 제자리에서 맴돌기만 한다는 뜻.

✻ 달걀로 바위 치기

보잘것없는 힘으로 강한 상대에게 대든다는 뜻으로 쓰는 말.

- 비슷한 속담 : '개미가 큰 바윗돌을 굴리려고 하는 셈', '사마귀가 수레에 덤벼드는 꼴'

✻ 달면 삼키고 쓰면 뱉는다

옳고 그름을 따지지 않고 자기 이익에 따라서 생각과 행동을 바꾼다는 뜻으로 쓰는 말.

＊ 닭똥 같은 눈물을 흘린다

큰 눈물방울을 뚝뚝 흘리며 몹시 슬프게 우는 모습을 두고 하는 말.

＊ 닭 물 먹듯

무슨 일을 하는데 조금 하다 말고, 조금 하다 말고를 반복한다는 뜻.

＊ 닭이 알 품듯이

알을 품고 있는 닭처럼, 어떤 일에 무척 큰 정성을 들인다는 뜻으로 쓰는 말.

＊ 닭 잡아먹고 오리발 내 놓기

어떤 일을 저질러 놓고 엉뚱한 속임수를 쓴다는 뜻으로 하는 말.

＊ 닭 쫓던 개 지붕만 쳐다본다

무척 애를 쓰며 노력한 일이 실패로 돌아가 어찌할 바를 모른다는 뜻으로 쓰는 말.

＊ 닭 챈 독수리 같다

뜻한 바를 이루어 의기양양하다는 뜻으로 하는 말.

＊ 담비가 작아도 범을 잡아먹는다

강한 자 위에 더 강한 자가 있다는 뜻이거나, 겉모습으로 강하고 약한 것을 판단하지 말라는 뜻으로 하는 말.

✻ 담에도 눈이 있고, 벽에도 귀가 있다
어디서나 말조심을 해야 한다는 뜻으로 쓰는 말.
- 비슷한 속담 : ' 밤 말은 쥐가 듣고 낮 말은 새가 듣는다'

✻ 담을 쌓고 벽을 친다
그동안 연관이 있던 것들과 철저히 관계를 끊는다는 뜻으로 쓰는 말.

✻ 대감댁 송아지는 범 무서운 줄 모른다
남의 세력을 믿고 함부로 행동하는 사람을 두고 빗대는 말.
- 비슷한 속담 : '양반 집 마당쇠가 양반보다 곱절 권세 부린다', '호랑이 뒤를 따라 다니는 여우의 위세다', '호랑이 옆에 가는 여우가 산천초목 울린다'

✻ 대낮에 도깨비에게 홀린 격
도무지 이해할 수 없는 황당한 일을 겪었다는 뜻으로 하는 말.

✻ 도깨비감투를 뒤집어쓰다
갑자기 행운을 만나 이익이 많아지고, 원하는 것이 이루어진다는 뜻으로 쓰는 말.

* 도깨비를 사귀었나

갑자가 큰 부자가 된 사람을 두고 하는 말.

* 도깨비 씨름 같다

어떤 일이 쉽게 결판나지 않고 계속 옥신각신한다는 뜻.

* 도끼로 제 발등 찍는다

자기가 한 일이 도리어 자신에게 해를 끼치게 되는 경우에 쓰는 말.

* 도둑놈도 제 집 문단속은 한다

아무리 남의 것을 탐내는 사람이라도 제 물건 귀한 줄은 안다는 뜻.

* 도둑이 제 발소리에 놀란다

죄를 지으면 늘 마음이 조마조마해 잘 놀라게 된다는 뜻으로 쓰는 말.

■ 비슷한 속담 : '도둑이 제 발 저린다', '죄 지은 놈 옆에 방귀도 못 뀐다'

* 도둑이 제 발 저린다

잘못을 저지르면 스스로 죄책감 때문에 시달리게 되어, 항상 조바심 속에서 살게 된다는 뜻으로 쓰는 말.

■ 비슷한 속담 : '도둑이 제 발소리에 놀란다', '죄 지은 놈 옆에 방귀

도 못 뀐다'

＊ 도둑질은 거짓말에서 시작된다

남을 속이는 것이 습관이 되면 결국 도둑질까지 하게 된다는
뜻으로 하는 말.

＊ 도랑 치고 가재 잡고, 마당 쓸고 돈 줍고

한 가지 일을 하고 두 가지 이익을 얻었다는 뜻으로 하는 말.

- 비슷한 속담 : '꿩 먹고 알 먹는다', '누이 좋고 매부 좋다'

＊ 도토리 키 재기

어떤 것들이 서로 비슷하여 별 차이가 없다는 뜻으로 쓰는 말.

- 반대 속담 : '하늘과 땅 차이'

＊ 독 안에 든 쥐

피할 방법이 없어 꼼짝하지 못하게 되었다는 뜻으로 하는 말.

＊ 돈 벌기가 앓기보다 힘들다

돈을 버는 일은 결코 쉬운 일이 아니라는 뜻으로 하는 말.

＊ 돈은 날개가 없어도 날아다닌다

돈은 한 곳에 있는 것이 아니라, 이 사람 저 사람에게 옮겨 다
닌다는 뜻.

✻ 돈은 사람의 마음을 검게 한다

돈을 보면 누구나 갖고 싶은 욕심이 생길 수밖에 없다는 뜻으로 쓰는 말.

■ 비슷한 속담 : '흰 술은 사람의 얼굴을 붉게 하고, 황금은 사람의 마음을 검게 한다'

✻ 돈은 아끼는 사람에게 따른다

돈은 소중하게 여기고 아끼는 사람이 더 많이 벌 수 있다는 뜻으로 하는 말.

✻ 돈은 좋은 사람이 쓰면 약이 되고, 나쁜 사람이 쓰면 독이 된다

같은 돈이라도 사람에 따라 좋게 쓰이기도 하고 나쁘게 쓰이기도 한다는 말.

✻ 돌다리도 두드리며 건너라

아무리 자신 있는 일이라도 늘 조심해야 한다는 뜻으로 쓰는 말.

■ 비슷한 속담 : '아는 길도 물어서 가라'

✻ 동냥은 안 주고 쪽박만 깨뜨린다

요구하는 것을 들어주기는커녕 피해만 입힌다는 뜻으로 쓰는 말.

✻ 동냥자루가 커야 동냥도 많이 한다

무슨 일이든지 준비가 잘 되어 있어야 큰 성과를 얻을 수 있다는 뜻으로 하는 말.

- 비슷한 속담 : '그물이 커야 큰 고기도 잡는다', '물이 깊어야 큰 배
  도 띄운다'

* 동냥자루도 제 멋에 찬다

아무리 하찮거나 우스꽝스러운 일이라도, 제 생각에 따라 행동
을 하게 된다는 뜻.

* 동냥주고 바가지 깬다

남을 도와주는 척하다가 결국 심술을 부린다는 뜻으로 하는 말.

- 비슷한 속담 : '밥 주고 숟가락 뺏는다'

* 동네북이요, 제삿날 떡 접시라

이 사람 저 사람이 모두 만만하게 대하거나 대수롭지 않게 여
긴다는 뜻.

* 동네 의원 용한 줄 모른다

능력이 아무리 뛰어나도 늘 가까이 있는 사람은 그리 대단하게
여기지 않는 것이 사람들의 심리라는 말.

- 비슷한 속담 : '먼 데 무당이 영하다'

* 동녘 동 하니까 서녘 서 한다

어떤 일을 하거나 말을 할 때 전혀 다른 응답을 한다는 뜻으로
쓰는 말.

＊ 돼지가 장화 신고 지나간 물

돼지고기를 넣어 만든 국이지만, 멀건 국물뿐이라는 뜻.

＊ 돼지 기르는 집에는 뱀이 들어오지 않는다

뱀과 돼지는 천적관계라서 뱀을 없애는 방법으로 효과적이라는 말.

＊ 돼지발톱에 봉숭아 물

어떤 것들이 서로 전혀 어울리지 않는다는 뜻으로 쓰는 말.

■ 비슷한 속담 : '개 이빨에 금박이, 돼지 목에 목걸이'

＊ 된장과 똥을 찍어 먹어봐야 아나

서로 비슷해 보이지만 전혀 다른 것을 구별하지 못하는 사람을 두고 핀잔하는 말.

＊ 될성부른 나무는 떡잎부터 알아본다

훌륭하게 될 사람이나 크게 이루어질 일은 처음부터 그 낌새를 알 수 있다는 말.

＊ 두꺼비가 콩대에 올라가 세상이 넓다고 한다

세상 경험이 적어 자신이 아는 것이 전부인 줄 알고 옹졸하게 행동한다는 뜻으로 하는 말.

■ 비슷한 속담 : '우물 안 개구리 바다 넓은 줄 모른다'

* 두더지 발톱에 찍힌 지렁이 꼴
아주 심한 상처를 입었거나 누군가에 의해 꼼짝할 수 없는 처지가 되었다는 뜻으로 하는 말.

* 두레박 놔두고 우물 들어 마신다
성격이 매우 급한 사람의 행동을 두고 하는 말.
■ 비슷한 속담 : '우물가에 와서 숭늉 찾는다'

* 두메 고뿔이 서울 몸살더러, 환약 써라 탕약 써라 한다
자신보다 세상물정에 더 밝은 사람에게 이래라 저래라 충고한다는 뜻으로 하는 말.

* 두부 먹다가 이빨 빠진다
아주 쉬운 일을 하다가 어이없는 화를 당했다는 뜻으로 쓰는 말.

* 둘이 먹다 셋이 죽어도 모른다
음식이 무척 맛있어서 다른 생각을 할 겨를이 없다는 뜻으로 쓰는 말.

* 뒤꼭지에 주먹질하기
남이 보지 않을 때 비겁한 화풀이를 한다는 뜻으로 하는 말.

* 뒤로 넘어져도 코가 깨진다
운수가 좋지 않을 때는 어이없는 일이 일어날 수도 있다는 말.

■ 비슷한 속담 : '달걀에도 뼈가 있다', '접시 물에 빠져도 죽는 수가
　　　　　　　있다'
■ 반대 속담 : '되는 놈은 엎어져도 코에 금가락지 낀다'

✱ 뒤에서 호박씨를 깐다

겉으로는 얌전한 체하지만 남이 보지 않는 곳에서는 엉뚱한 짓
을 한다는 뜻.

✱ 들판이 이쁠수록 사람 살기 고달프다

논밭을 제대로 가꾸기 위해서는 농부의 고통이 따른다는 뜻으
로 하는 말.

✱ 등 따숩고 배부르다

잘 먹고 잘 살아 부러울 것이 없다는 뜻으로 쓰는 말.

✱ 등잔 밑이 어둡다

사람들이 멀리 있는 것에만 관심을 갖다보니, 막상 제 곁에 있
는 것은 모르고 지나치기가 쉽다는 뜻으로 쓰는 말.
■ 비슷한 속담 : '가까운 제 눈썹 못 본다', '눈이 천 리 밖을 보아도
　　　　　　　제 눈썹은 못 본다'

✱ 딱따구리는 나무에 살면서 나무를 죽인다

은혜를 모른다는 뜻이거나, 은혜를 원수로 갚는다는 뜻으로 쓰
는 말.

✳ 땅도 숨 쉰다

모든 생명을 키워내는 땅이니, 당연히 살아 있다고 여겨야 한다는 뜻으로 하는 말.

✳ 땅에서 솟았나, 하늘에서 떨어졌나

무엇인가가 갑자기 나타나서 어리둥절하다는 뜻으로 쓰는 말.

- 비슷한 속담 : '바람에 날려 왔나, 구름에 싸여 왔나'
- 반대 속담 : '하늘로 솟았나, 땅으로 꺼졌나'

✳ 땅 짚고 헤엄치기

어떤 일을 하기가 매우 쉽다는 뜻으로 하는 말.

- 비슷한 속담 : '누워서 떡 먹기', '상 밑에서 숟가락 줍기', '손바닥 뒤집기', '식은 죽 먹기'
- 반대 속담 : '하늘에 별 따기'

✳ 때린 놈은 다리를 못 뻗고 자도, 맞은 놈은 다리를 뻗고 잔다

남을 해친 사람의 마음은 불편해도, 해를 입은 사람의 마음은 오히려 편하다는 말.

✳ 떡 사먹은 셈 친다

손해를 보았을 때 마음이라도 편하고자 스스로 위로하는 말.

＊ 떡 줄 놈은 생각도 않는데, 김칫국부터 마신다

남은 전혀 베풀 생각을 하지 않는데, 저 혼자 욕심을 낸다는 뜻으로 쓰는 말.

＊ 똥개도 제 집 앞에서는 오십 점 먹고 들어간다

아무리 보잘것없는 것도 텃세는 하기 마련이라는 뜻으로 이르는 말.

＊ 똥구멍이 다 웃을 일

아주 어이없는 일이라서 어찌할 바를 모른다는 뜻으로 비꼬는 말.

＊ 똥구멍이 찢어지게 가난하다

매우 가난하다는 뜻으로 쓰는 말.

＊ 똥 누는 놈 주저앉히기

남에게 못된 장난이나 심술궂은 짓을 한다는 말.

＊ 똥 눈 놈은 도망가고, 방귀 뀐 놈은 붙들린다

큰일을 저지른 사람은 피하고, 큰 잘못도 없는 사람만 곤욕을 치른다는 뜻.

■ 비슷한 속담 : '겨 먹은 개는 안 들키고 똥 먹은 개만 들킨다', '죄는 도깨비가 짓고, 벼락은 고목이 맞는다'

* 똥 밟은 얼굴

몹시 못마땅한 표정을 내보인다는 뜻으로 쓰는 말.

* 똥은 참으면 약이 되고, 오줌은 참으면 병 된다

똥은 한껏 참아도 괜찮지만, 오줌을 참으면 건강을 해친다는 말.

* 똥이 무서워서 피하나, 더러워서 피하지

품성이 좋지 못한 사람은 상대하는 것보다 차라리 피하는 게 더 낫다는 말.

* 뚝배기보다 장맛

겉으로 보는 것보다 속이 더 알차다는 말.

■ 반대 속담 : '빛 좋은 개살구'

* 뛰어봐야 부처님 손바닥 안이라

아무리 애써도 어떤 한계나 틀을 벗어나지 못한다는 뜻으로 쓰는 말.

■ 비슷한 속담 : '벼룩이 뛰어봐야 장판이라'

＊ 마구간에 누운 늙은 천리마가 여전히 달리고 싶어 한다

대단한 능력을 발휘했던 사람이 늙어 쇠약해져도 마음은 변함이 없다는 뜻으로 쓰는 말.

- 비슷한 속담 : '천리마는 늙었어도 천 리 가던 생각만 한다'

＊ 마당 터진 데 솔뿌리 걱정한다

솔뿌리는 그릇 터진 것을 깁는 데 쓴다. 큰 문제가 생겼는데 작은 걱정거리에 마음을 쓴다는 뜻.

- 비슷한 속담 : '봇물 터진 데 송사리 걱정한다'

＊ 마른하늘에 날벼락

느닷없이 큰 불행을 당하게 되었다는 뜻으로 하는 말.

- 비슷한 속담 : '자다가 날벼락을 맞는다'
- 비슷한 속담 : '이게 웬 떡이냐', '호박이 덩굴째로 굴러 떨어진다'

＊ 마을에 빗장수가 들어오면 대추가 망한다

옛날 머리빗은 대추나무로 만들었기 때문에, 빗장수들이 대추나무를 싹쓸이 해간다는 뜻으로 쓰는 말.

＊ 마음은 굴뚝같다

무엇을 하고 싶은 마음이 아주 간절하다는 뜻으로 하는 말.

＊ 마음은 늘 콩밭에 가 있다

어떤 일을 하면서도 엉뚱한 생각만 하고 있다는 뜻으로 하는 말.

* 마음은 호랑이고, 행동은 쥐새끼다

마음속의 계획이나 희망은 무척 대단한데 실천력은 없다는 뜻으로 하는 말.

* 마음이 맑아야 보는 눈이 맑다

마음을 맑게 가지면 세상 모든 일이 좋게 보이기 마련이라는 뜻으로 이르는 말.

* 막대기로 하늘을 잰다

도저히 불가능한 일을 시도한다는 뜻으로 하는 말.
- 비슷한 속담 : '낙타가 바늘구멍 찾는 격', '보자기로 구름 잡으려 한다', '쥐구멍에 소 몰아 넣는다'

* 만나지 않으면 정도 멀어진다

서로 얼굴을 자주 보아야 정이 든다는 뜻으로 하는 말.
- 비슷한 속담 : '눈에서 멀어지면 심장에서도 멀어진다'

* 말 같지 않은 말은 귀가 없다

이치에 맞지 않는 말은 들을 필요가 없다는 뜻으로 쓰는 말.
- 비슷한 속담 : '길이 아니면 가지를 말고, 말이 아니면 듣지를 마라'

* 말괄량이 설거지하듯 한다

어떤 일을 거칠고 야단스럽게 하는 사람을 두고 하는 말.

✳ 말 꼬리에 붙은 파리가 천 리를 간다

보잘것없는 것이 남의 세력에 붙어 이익을 챙기거나 위세를 부린다는 말.

✳ 말 다하고 죽은 무덤 없다

누구든 제 하고 싶은 말을 다 할 수는 없다는 뜻으로 하는 말.

✳ 말 달리며 산 구경하기

어떤 일을 섬세하게 하지 않고 대충 해치운다는 뜻으로 하는 말.

- 비슷한 속담 : '고양이 세수하듯 한다', '수박 겉 핥기'

✳ 말로야 하늘의 별도 따오겠다

괜스레 말로만 허풍을 떠는 사람을 두고 하는 말.

- 비슷한 속담 : '말로 떡을 하면 온 동네 사람들이 먹고도 남는다'

✳ 말로 해치는 것이 칼로 해치는 것보다 무섭다

몸의 상처는 금방 치료가 되지만, 말로 받은 마음의 상처는 쉽게 낫지 않는다는 뜻.

- 비슷한 속담 : '무서워도 무서워도 세 치 혀끝으로 옮는 재앙이 제일 무섭다', '사람의 혀는 뼈가 없어도 사람의 뼈를 부순다', '세 치 혀가 다섯 자 몸을 망친다', '세 치 혓바닥이 세 자 칼보다 무섭다', '혀 밑에 도끼 들었다'

* 말 못하는 짐승도 사람의 공을 안다

짐승도 도움을 받으면 은혜를 아는데, 사람이라면 당연히 은혜를 잊지 말아야 한다는 뜻.
- 비슷한 속담 : '개도 은혜를 안다'
- 반대 속담 : '머리 검은 짐승은 은혜를 모른다', '홍부네 집 제비 새끼만도 못하다'

* 말 속에 가시 있다

말조심을 하지 않고 함부로 내뱉어 남의 가슴을 아프게 한다는 뜻으로 쓰는 말.
- 비슷한 속담 : '바늘 쌈지를 입에 물었나'

* 말 안하면 귀신도 모른다

누구든지 말을 해야 속마음을 알 수 있다는 뜻으로 쓰는 말.

* 말에 꽃이 피는 사람은 마음에 열매가 없다

말만 풍성하게 하는 사람은 진실한 마음이 부족하다는 말.

* 말은 나면 제주도로 보내고, 사람은 나면 서울로 보내라

사람이나 짐승이나 좋은 환경에서 길러야 된다는 뜻으로 이르는 말.

* 말은 속여도 얼굴은 못 속인다

마음속은 얼굴에 나타나기 마련이라서 아무리 말로 속이려 해도 가능하지 않다는 뜻으로 쓰는 말.

■ 비슷한 속담 : '얼굴은 마음의 거울이라'

* 말은 한 사람의 입에서 나오지만 천 사람의 귀로 들어간다

한 사람이 내뱉은 말이 크게 소문이 나면, 문제를 일으킬 수 있으므로 말조심을 해야 한다는 뜻.

■ 비슷한 속담 : '발 없는 말이 천 리 간다', '한 귀 건너 두 귀'

* 말이 씨가 된다

말하는 대로 이루어지는 수가 적지 않으니, 좋은 말을 해야 좋은 일이 많이 생긴다는 뜻으로 하는 말.

* 말하라고 한 말은 안하고, 말하지 말라는 말은 더 잘 말한다

도리나 의리를 지키는 사람이 많지 않다는 뜻으로 하는 말.

* 말 한마디로 천 냥 빚을 갚는다

말을 잘하면 때로는 어려운 일도 해결할 수 있다는 뜻으로 하는 말.

* 말 한 마리 다 먹고 말고기 냄새 난다고 한다

어떤 것을 실컷 즐기고 나서, 그것에 대해 불평을 한다는 뜻으로 쓰는 말.

✽ 망건 쓰고 세수 한다

일의 순서가 바뀌었다는 뜻으로 하는 말.

✽ 망둥이가 뛰니까 꼴뚜기도 뛴다

남이 하니까 영문도 모르면서 덩달아 흉내를 낸다는 뜻으로 쓰는 말.

■ 비슷한 속담 : '거름지고 장에 간다', '남이 쌀자루 지고 장에 간다
니까, 나는 똥거름 진 채 따라 나선다', '친구 따라
강남 간다'

✽ 망신살이 무지개 뻗듯 한다

망신을 아주 심하게 당한다는 뜻으로 쓰는 말.

✽ 매도 먼저 맞는 매가 낫다

고통을 당할 줄 알면서 기다리는 것보다 차라리 먼저 겪는 마
음이 더 편하다는 뜻으로 하는 말.

■ 비슷한 속담 : '맞는 매보다 겨누는 매가 더 못 견딜 지경이라', '생
각하기보다 당하기가 낫다'

✽ 매미가 눈 이야기를 하는 격

경험해 보지 못한 것에 대해 아는 체한다는 뜻으로 쓰는 말.

■ 비슷한 속담 : '여름 벌레가 얼음 이야기 한다'

* 매미 날개 같은 옷

매미 날개처럼 속이 훤히 비치는 얇은 옷이라는 뜻으로 하는 말.

* 매미는 맵다고 울고, 쓰르라미는 쓰다고 운다

곤충들의 이름이 우는 소리에서 비롯된 것이라는 뜻으로 하는 말.

* 맹꽁이 우는 논에 돌 던지기

시끄럽던 것을 갑자기 조용하도록 한다거나 괜한 심술을 부린다는 뜻으로 쓰는 말.

* 머리가 차서 아픈 법 없고, 배가 뜨거워서 아픈 법 없다

머리는 시원하게 하고, 배는 따뜻하게 하는 것이 건강에 좋다는 말.

* 먹는 데는 귀신이요, 일하는 데는 굼벵이다

먹을 때는 욕심껏 먹고, 일할 때는 느릿느릿 게으름을 피운다는 뜻으로 비꼬는 말.

- 비슷한 속담 : '아귀 같이 먹고, 굼벵이 같이 일한다'
- 반대 속담 : '소같이 일해서 쥐 같이 먹는다'

* 먹을수록 남남한다

먹으면 먹을수록 더 먹고 싶은 욕심이 생긴다는 뜻으로 쓰는 말.

＊ 먼지와 욕심은 쌓일수록 더럽다

욕심을 지나치게 부리면 추하게 보인다는 뜻으로 하는 말.

＊ 메뚜기가 많이 생기면 풍년 든다

벼메뚜기가 많다는 것은 그것들이 먹을 게 충분할 정도로 풍년이 들었기 때문이라는 뜻.

＊ 메뚜기도 유월이 한철이다

세상 모든 것은 늘 좋은 때만 있는 것이 아니며, 전성기는 매우 짧다는 뜻으로 이르는 말.

＊ 메뚜기 등에 당나귀 짐을 싣는다

도저히 감당할 수 없는 일을 맡기려 한다는 뜻으로 쓰는 말.

＊ 메뚜기 사촌인가 팔딱팔딱 잘도 뛴다

몸가짐이 매우 경쾌하거나 가벼운 사람을 두고 하는 말.

＊ 모래밭에 무 뽑듯

어떤 일을 아주 쉽게 한다는 뜻으로 하는 말.

＊ 모르는 것은 손자한테 배워도 흉이 아니다

모르는 것은 누구한테 배워도 부끄러운 일이 아니라는 뜻.
  - 비슷한 속담 : '묻는 것은 일시의 수치요, 모르는 것은 일생의 수치다', '밥 동냥은 나무라고, 글 동냥은 안 나무란다'

＊ 목구멍에 거미줄 친다

무척 가난하여 굶주린다는 뜻으로 이르는 말.

- 비슷한 속담 : '생쥐 볼가심 할 것도 없다', '아궁이에 풀이 나서 범이 새끼 치겠다'

＊ 목마른 사람에게 물 한 모금 주는 것도 공덕이다

아주 작은 것이라도 남에게 베풀 줄 아는 사람이 복을 받게 된다는 뜻.

＊ 몸을 두 쪽으로 내도 모자란다

할 일이 많아 무척 바쁘다는 뜻으로 하는 말.

- 비슷한 속담 : '가랑이에 가래톳이 설 지경이다', '앉은 자리 더울 새 없다'

＊ 몸 천 냥에 눈이 팔백 냥이다

사람의 몸 중에서 눈이 가장 소중하다는 뜻으로 이르는 말.

＊ 못된 강아지 들에 가서 짓는다

못된 사람일수록 제 본분에 어긋나는 엉뚱한 짓만 저지른다는 뜻으로 쓰는 말.

＊ 못된 고양이 부뚜막에 먼저 오른다

못된 사람일수록 엉뚱한 짓만 저지르고 다닌다는 뜻으로 하는 말.

- 비슷한 속담 : '못된 송아지 엉덩이에서 뿔난다'

＊ 못된 송아지 엉덩이에서 뿔난다

미움을 사고 있는데 고칠 생각은 하지 않고, 오히려 더 미운 짓만 한다는 뜻으로 비꼬는 말.

　　■ 비슷한 속담 : '못된 고양이 부뚜막에 먼저 오른다'

＊ 못 먹는 감 찔러나 본다

자기가 갖지 못하면 남들에게 이익이 되지 못하도록 심술을 부린다는 뜻.

＊ 무거운 짐은 나눠져도, 병은 못 나눠진다

한 사람의 병을 여러 사람이 나누어 아플 수는 없다는 말.

＊ 무 꽁지가 길쭉하면 겨울이 춥다

무 꽁지의 길고 짧음으로 겨울 추위의 정도를 미리 짐작할 수 있다는 뜻.

＊ 무소식이 희소식

소식이 없다는 것은 아무 일도 없다는 것이니, 나쁜 소식보다 더 낫다는 말.

＊ 무식하면 손발이 고생한다

지혜롭지 못하면 몸이 힘들게 된다는 말로, 사람은 배워야 편하게 살 수 있다는 뜻.

✳ 문지방에 불이 난다

어떤 장소에 무척 자주 드나든다는 뜻으로 하는 말.

✳ 물가에 내 놓은 애들 같다

하는 행동에 믿음이 가지 않아 불안하다는 뜻으로 쓰는 말.

✳ 물건은 새 것을 쓰고, 사람은 옛사람을 쓰랬다

물건은 새 물건이 좋지만, 사람은 어떤 일에 경험이 많거나 오래 정이 든 사람이 더 좋다는 말.

■ 비슷한 속담 : '사람은 헌 사람이 좋고, 옷은 새 옷이 좋다'

✳ 물건이 임자가 많으면 값이 오른다

어떤 물건을 두고 갖고 싶어 하는 사람이 많으면 가격이 비싸지기 마련이라는 뜻.

✳ 물고기도 제 놀던 물이 좋다 한다

낯선 곳보다는 익숙한 곳이 누구에게나 편하다는 뜻으로 쓰는 말.

✳ 물고기를 하늘에서 잡는다

어리석고 엉뚱한 행동을 한다는 뜻으로 쓰는 말.

■ 비슷한 속담 : '토끼를 바다에서 잡고, 물고기를 산에서 구한다'

＊ 물도 씻어 먹을 사람

성격이 몹시 까다롭거나 유난히 깨끗한 척하는 사람을 두고 하는 말.

＊ 물 만난 고기

제 세상을 만나 거리낌 없이 자유롭게 행동하거나, 자신의 능력을 마음껏 펼칠 계기가 마련되었다는 뜻으로 쓰는 말.

■ 반대 속담 : '물 밖에 난 고기요, 산 밖에 난 범이다'

＊ 물 밖에 난 고기요, 산 밖에 난 범이다

제 터전을 잃어 능력을 발휘하기 힘든 경우나, 매우 위험한 처지에 놓였다는 뜻으로 하는 말.

■ 반대 속담 : '물 만난 고기'

＊ 물 본 오리걸음

아주 좋아하는 것을 보고 마음이 급해 서둘러가는 모습을 두고 하는 말.

＊ 물에 빠져도 주둥이만은 뜨겠다

말을 아주 잘 한다든지 쓸데없이 수다스러운 사람을 두고 하는 말.

＊ 물에 빠지면 지푸라기라도 잡는다

누구든 위험에 빠지면 별 도움이 되지 않는 하찮은 것에도 매

달리게 된다는 뜻.
- 비슷한 속담 : '당장 떨어지는 벼락 밑에서 가랑잎이라도 뒤집어
  써야 할 형편이다', '지푸라기라도 붙잡아야 할 형편'

＊ 물에 빠진 놈 건져 주니까, 보따리 내 놓으란다
남의 도움을 받고도 고마워하지 않고, 오히려 뻔뻔스럽게 구는
사람을 두고 하는 말.
- 비슷한 속담 : '강 건네주니 보따리 채간다', '은혜를 원수로 갚는다'
- 반대 속담 : '머리를 풀어 짚신을 삼는다'

＊ 물 위에 쓴 글씨
무슨 일을 하기는 했지만 아무 소용없는 짓이라는 뜻으로 하는
말.

＊ 물은 건너봐야 알고, 사람은 지내봐야 안다
어떤 일이든 직접 경험해 봐야 형편을 알 수 있듯이, 사람도 충
분히 같이 지내봐야 제대로 알게 된다는 뜻으로 하는 말.
- 비슷한 속담 : '물은 건너봐야 깊이를 안다'

＊ 물은 쏟으면 줄고, 정은 쏟으면 붙는다
남들과 정을 나누면 나눌수록 더 깊은 정이 생긴다는 뜻으로
이르는 말.

＊ 물을 아끼면 용왕님이 도와주고, 나무를 아끼면 산신님이 도와주고, 곡식을 아끼면 도랑신이 도와준다

아무리 흔한 것이라도 아껴 써야 복을 받는다는 뜻으로 하는 말.

＊ 물 재주 하는 놈 물에 빠져 죽고, 나무 재주 하는 놈 나무에서 떨어져 죽는다

제 재주만 믿고 설쳐대다가는 불행을 당할 수 있다는 뜻으로 하는 말.

■ 비슷한 속담 : '항우는 고집으로 망하고, 조조는 꾀로 망한다'

＊ 미운 사람을 아끼는 사람으로 만들라

미운 사람에게 오히려 공을 들여 제 편으로 만드는 것이 더 좋다는 말.

＊ 미운 아이 떡 하나 더 준다

미워하는 마음이 생기는 사람에게 오히려 베풀어 주는 것이 스스로 복을 받는 일이라는 뜻으로 하는 말.

＊ 미운 정 고운 정 다 들었다

오랫동안 같이 지내면서 나쁜 일, 좋은 일 다 겪으며 정이 듬뿍 들었다는 뜻.

＊ 미운 털이 박혔다

무슨 짓을 해도 밉게 보이는 처지가 되었다는 뜻으로 하는 말.

* 미주알고주알 다 까발린다
시시콜콜한 것까지 다 찾아 알아내려고 한다는 뜻.

* 믿는 도끼에 발등 찍힌다
믿고 있던 사람에게 배신을 당했다는 말이거나, 확실하다고 생각했던 일이 어긋났을 때 하는 말.

* 밀가루 뒤집어 쓴 까마귀 격
자신의 모습을 속이려는 터무니없는 짓을 한다는 뜻으로 쓰는 말.

* 밀가루 장사를 하면 바람이 불고, 소금 장사를 하면 비가 온다
하는 일마다 방해물이 생겨 일을 망치게 된다는 뜻으로 쓰는 말.
- 비슷한 속담 : '가루 팔러 가면 바람 불고, 소금 팔러 가면 이슬비 온다'

* 밉다니까 업어달란다
밉다고 생각하는 사람이 더 미운 짓을 한다는 뜻으로 쓰는 말.
- 비슷한 속담 : '밉다 밉다 하니까 분 바르고 와서 요래도 밉소 한다'

* 밑 빠진 독에 물 붓기
아무리 애를 써도 헛수고라는 뜻으로 쓰는 말.

＊ **밀져야 본전이다**
　　결코 손해를 보는 일이 아니니, 무엇인가를 시도해 보자는 뜻
으로 쓰는 말.

* 바늘 가는 데 실 가고, 바람 가는 데 구름 간다
서로 관계가 밀접하여 늘 붙어 다닌다는 뜻으로 쓰는 말.

* 바늘구멍으로 하늘보기
생각이나 경험이 좁고 모자라 세상사를 두루두루 넓게 보지 못한다는 뜻.
- 비슷한 속담 : '대롱으로 하늘 본다.'

* 바늘구멍으로 황소바람 들어온다
추운 겨울에는 아주 작은 틈에서 들어오는 바람도 무척 강하다는 뜻.

* 바늘 도둑이 소 도둑 된다
아주 작은 것이라도 남의 물건에 탐내는 버릇을 들이면, 결국 큰일을 저지르게 된다는 뜻으로 쓰는 말.

* 바늘을 실에 길게 꿰면 멀리 시집간다
모든 것이 귀하던 시절, 실을 아껴 쓰도록 하기 위해 쓰던 말.

* 바람 먹고 구름 똥 싼다
아주 터무니없고 황당한 짓을 한다는 뜻으로 비꼬는 말.

* 바람에 날려 왔나, 구름에 싸여 왔나
사람이나 물건이 갑자기 나타났다는 뜻으로 하는 말.

- 비슷한 속담 : '땅에서 솟았나, 하늘에서 떨어졌나'
- 반대 속담 : '하늘로 솟았나, 땅으로 꺼졌나'

* 바람으로 빗질하고, 빗물로 목욕한다
자연에 몸을 맡기며 산다거나 몸치장을 할 겨를이 없다는 뜻으로 쓰는 말.

* 바람 잘 날이 없다
걱정이 끊어질 날이 없다는 뜻으로 하는 말.

* 바람 핑계 구름 핑계
이 핑계 저 핑계를 대면서 일을 미루거나 하지 않는다는 뜻으로 쓰는 말.

* 바보 속에 천재 하나 있으면, 천재가 바보 된다
무능력한 사람들 속에 뛰어난 사람이 있으면 오히려 비정상적인 인물로 취급된다는 뜻.
- 반대 속담 : '봉사 나라에서는 애꾸가 왕'

* 바쁘게 먹는 밥에 체한다
무슨 일이든지 차분하게 해야지 서두르면 탈이 난다는 뜻으로 쓰는 말.
- 비슷한 속담 : '급할수록 돌아가라', '빠른 걸음에 넘어지기 쉽다', '질러가는 길이 먼 길이다'

✳ 바쁘다고 바늘허리에 실 매어 쓸까

아무리 바빠도 순서에 따라야 일이 어긋나지 않는다는 뜻.

✳ 바지 한 가랑이에 두 다리 넣고 나선다

성격이 급해 일을 터무니없이 한다는 뜻으로 쓰는 말.

✳ 반딧불로 별을 대적하랴

보잘것없는 것이 대단한 것과 비교될 수 없다는 뜻으로 쓰는 말.
- 비슷한 속담 : '보름달 앞에 가로등'

✳ 받으려 와도 고운 사람 있고, 주려 와도 미운 사람 있다

좋아하는 사람은 어떻게 해도 곱고, 싫은 사람은 어떻게 해도 밉게 여겨진다는 말.
- 비슷한 속담 : '고운 사람은 울어도 곱고, 미운 사람은 웃어도 밉다'

✳ 발그림자도 안 비친다

어떤 것이 전혀 나타나지 않는다는 뜻으로 하는 말.

✳ 발등에 눈물 구멍 패인다

슬픈 감정이 북받쳐 눈물을 한없이 쏟아낸다는 뜻으로 쓰는 말.

✳ 발등에 떨어진 불부터 끈다

우선 급한 것부터 해결한다는 뜻으로 쓰는 말.

* 발바닥에 털 나겠다

가만히 앉아 편하게만 지내려는 사람을 두고 비꼬는 말.

- 비슷한 속담 : '손가락 하나 까닥도 안 한다'

* 발 벗고 따라가도 못 따르겠다

누군가의 능력이 하도 뛰어나서 아무리 열심히 해도 못 당하겠다는 뜻.

* 발보다 발가락이 더 크다

어떤 일이나 사물이 이치에 맞지 않는다는 뜻으로 하는 말.

- 비슷한 속담 : '배보다 배꼽이 더 크다'

* 발 없는 말이 천 리 간다

소문이라는 것은 무척 빠르게, 많은 사람들에게 퍼진다는 뜻으로 하는 말.

- 비슷한 속담 : '말은 한 사람의 입에서 나오지만 천 사람의 귀로 들어간다', '한 귀 건너 두 귀'

* 발은 땅에 있어도, 뜻은 구름 위에 있다

현실은 만족할 수 없지만 꿈은 크게 가지고 있다는 뜻으로 이르는 말.

* 발짝 소리 없다 하여 고양이를 못 찾을까

아무리 조심해도 찾아낼 방법이 있다는 뜻으로 하는 말.

＊ 발톱 밑의 때만큼도 여기지 않는다

어떤 것을 아주 하찮게 여긴다는 말.

＊ 발톱 빠진 호랑이

가진 힘을 잃게 되었다는 뜻으로 쓰는 말.

- 비슷한 속담 : '이빨 빠진 호랑이'
- 반대 속담 : '호랑이가 날개를 얻었다'

＊ 밤 말은 쥐가 듣고, 낮 말은 새가 듣는다

무심코 말하는 것을 남이 우연히 들을 수도 있으니, 언제 어디서나 말조심을 해야 한다는 뜻으로 쓰는 말.

- 비슷한 속담 : '담에도 눈이 있고, 벽에도 귀가 있다'

＊ 밤에는 흰 것을 디디지 마라

밤에 희게 보이는 것은 물이거나 위험한 것일 수 있으니 조심하라는 뜻.

＊ 밥 동냥은 나무라고, 글 동냥은 안 나무란다

밥을 구걸하는 일은 부끄러운 일이지만, 가르침을 부탁하는 일은 용기 있는 일이라는 뜻으로 하는 말.

- 비슷한 속담 : '모르는 것은 손자한테 배워도 흉이 아니다', '묻는 것은 일시의 수치요, 모르는 것은 일생의 수치다'

✻ 밥 먹듯이 한다
어떤 일을 무척 자주, 그리고 끊임없이 한다는 뜻으로 쓰는 말.
- ■ 반대 속담 : '가뭄에 콩 나듯 한다'

✻ 밥 먹은 놈하고 입 맞춘 폭도 안 된다
먹은 양이 하도 적어서 먹은 것 같지도 않다는 뜻으로 쓰는 말.
- ■ 비슷한 속담 : '눈은 봤다 하고, 목구멍은 못 봤다 한다', '입은 봤다 하고, 목구멍은 못 봤다한다'

✻ 밥상머리에 앉아 쌀이 무슨 곡식이냐고 묻는다
몰라도 너무 지나치게 모른다는 뜻으로 쓰는 말.
- ■ 비슷한 속담 : '밤새도록 울다가 누가 죽었느냐 한다'

✻ 밥숟가락을 크게 떠먹으면 부자가 된다
밥을 복스럽게 먹어야 한다는 뜻으로 이르는 말.
- ■ 반대 속담 : '밥알을 센다'

✻ 밥 아니 먹어도 배부르다
뭔가 큰 이익이 생긴 듯하여 아주 흡족하다는 뜻으로 쓰는 말.

✻ 밥알을 센다
밥을 복스럽게 먹지 않을 때 하는 말.
- ■ 반대 속담 : '밥숟가락을 크게 떠먹으면 부자가 된다'

✻ 밥은 봄같이 먹으랬다
밥은 봄 날씨처럼 따뜻하게 덥혀서 먹는 것이 몸에 좋다는 뜻.

✻ 밥은 열 곳에 가 먹어도, 잠은 한 곳에서 자랬다
밥은 이곳저곳에서 먹어도 잠은 정해진 곳에서 자는 버릇을 들이라는 뜻으로 하는 말.

✻ 밥은 한 술 주면 정이 없다
기왕 나누어 줄 거면 넉넉하게 주라는 뜻으로 쓰는 말.

✻ 밥이 보약이라
밥을 잘 먹는 것이 몸을 건강하게 하는 가장 좋은 방법이라는 뜻으로 하는 말.

✻ 밥 주고 숟가락 뺏는다
남에게 잘해 주는 체하면서 오히려 심술을 부린다는 뜻으로 쓰는 말.

■ 비슷한 속담 : '동냥주고 바가지 깬다'

✻ 방귀 뀐 놈이 성낸다
잘못을 저지른 사람이 오히려 화를 낸다는 뜻으로 비꼬는 말.

✻ 방앗간 참새 흉년이 없다
조건이나 환경이 좋아 늘 잘 먹고 지낸다는 뜻으로 하는 말.

* **배꼽이 두 개면 번갈아 웃겠다**

　하도 어이없는 일이라서 웃지 않고는 못 배길 정도라는 뜻으로 하는 말.

* **배는 밥으로 채우지 말로는 못 채운다**

　어떤 일이든지 말보다는 행동이 있어야 한다는 말.
　　■ 비슷한 속담 : '빈말이 냉수 한 그릇만 못 하다'

* **배보다 배꼽이 더 크다**

　중요한 부분보다는 그렇지 않은 것이 더욱 크니 비정상적이라는 뜻으로 하는 말.
　　■ 비슷한 속담 : '발보다 발가락이 더 크다'

* **백 마디 말보다 실천이 귀중하다**

　말로 아는 체를 하는 것보다 실천하는 것이 더 소중하다는 뜻으로 이르는 말.

* **백 번 듣기보다 한 번 보는 것이 낫다**

　무슨 일이든지 직접 경험해 봐야 확실히 알 수 있다는 뜻.
　　■ 비슷한 속담 : '귀 소문 말고 눈 소문 해라'

* **백사장에 모래알이다**

　어떤 것이 셀 수 없을 만큼 많다는 뜻으로 하는 말.

✻ 백지장도 맞들면 낫다

어떤 일을 혼자 하는 것보다 작은 힘이라도 보태지면 더 쉽게 할 수 있다는 뜻으로 하는 말.

✻ 뱀 물린 개구리 소리

고통스러워 소리도 시원하게 뱉지 못하고 잔뜩 주눅이 들어 있는 목소리라는 뜻.

✻ 뱁새가 황새 따라가자면 가랑이가 찢어진다

제 주제를 모르고 능력이 뛰어난 사람만 쫓아가다 망신을 당한다는 말.

✻ 뱃가죽이 등에 붙었다

아주 오랫동안 먹지 못해 몹시 배가 고프다는 뜻.
- 반대 속담 : '뱃구멍이 톡 튀어나와, 콧구멍에게 형님 한다'

✻ 뱃구멍이 톡 튀어나와, 콧구멍에게 형님 한다

많이 먹어서 배가 불룩하게 튀어나온 모습을 두고 하는 말.
- 반대 속담 : '뱃가죽이 등에 붙었다'

✻ 번갯불에 콩 구워 먹겠다

행동이 매우 민첩하다거나 성격이 무척 급한 사람을 두고 하는 말.

✳ 번데기 앞에서 주름 잡기

어떤 일에 뛰어난 능력을 가진 사람을 두고, 그보다 못한 사람이 자기과시를 한다는 말.

- ■ 비슷한 속담 : '공자님 앉혀 놓고 논어 타령 한다'

✳ 벌떼같이 달려든다

무엇인가 많은 것이 한꺼번에 덤빈다는 뜻으로 빗대는 말.

✳ 범의 꼬리를 밟고, 용의 수염을 만진다

무척 용감한 행동을 한다거나 만용을 부린다는 뜻으로 이르는 말.

- ■ 비슷한 속담 : '굶은 새벽 호랑이 따귀 치려고 덤비겠다'

✳ 범의 입보다 사람의 입이 더 무섭다

말로써 다른 사람에게 상처를 주는 것만큼 무서운 것은 없다는 뜻.

✳ 범이 되었다가 이리가 되었다가 한다

이런저런 방법으로 사람을 몹시 괴롭힌다는 뜻.

✳ 벼는 익을수록 고개를 숙인다

훌륭한 사람일수록 늘 겸손하게 행동을 한다는 뜻으로 쓰는 말.

- ■ 비슷한 속담 : '깊은 물일수록 소리 없이 흐른다'
- ■ 반대 속담 : '빈 깡통이 소리는 더 요란하다', '빈 수레가 더 요란하다', '설익은 이삭이 고개를 쳐든다'

＊ 벼는 주인 발자국 소리 듣고 자란다

곡식은 늘 농부가 찾아와 돌봐 주어야 잘 자랄 수 있다는 뜻.

＊ 벼룩 간 빼먹고, 모기 눈알 빼먹겠다

어려운 처지에 놓인 사람의 하찮은 것까지도 빼앗으며 아주 염치없는 짓을 한다는 말.

■ 비슷한 속담 : '거지 볼에 붙은 밥풀도 떼어 먹는다'

＊ 벼룩 부부

벼룩은 암컷이 크고 수컷이 작다는 데서 비롯된 말로, 키가 큰 부인과 키가 작은 남편이라는 뜻.

＊ 벼룩이 뛰어봐야 장판이라

아무리 노력해도 어떤 한계를 벗어나지 못한다는 뜻으로 쓰는 말.

■ 비슷한 속담 : '뛰어봐야 부처님 손바닥 안이라'

＊ 벼룩 잡으려다 초가삼간 불 태운다

사소한 문제를 해결하려다가 오히려 큰 손해를 보게 된 경우에 하는 말.

＊ 변덕이 죽 끓듯 한다

생각이 아주 쉽게 변한다는 뜻으로 하는 말.

✳ 별들이 밝게 빛나면 날씨가 좋다

별빛이 얼마나 밝으냐에 따라 다음 날의 날씨를 예측할 수 있다는 뜻.

✳ 별이 천 개라도 밝은 데는 반달 하나만 못하다

보잘것없는 것이 아무리 많아도 대단한 것 하나를 당해내지 못한다는 뜻.

- 반대 속담 : '구두장이 셋이 모이면 제갈량보다 낫다', '세 사람이 모사하면 제갈량이 보다 낫다'

✳ 병아리 마당에 소리개 꼴

제게 이익이 될 만한 것을 찾으려고 어떤 장소를 맴돈다는 뜻.

✳ 병아리 지렁이 물고 달아나듯 한다

대수롭지 않은 것은 얻고도 좋아서 어쩔 줄 모르는 사람을 두고 하는 말.

✳ 병은 숨길수록 커진다

병을 숨기지 말고 알리면 여기저기서 여러 가지 방법을 알게 되어 고칠 가능성이 커진다는 뜻으로 이르는 말.

- 비슷한 속담 : '돈 자랑은 말아도, 병 자랑은 하랬다', '병과 근심은 외고 펴야 한다'

* 병 주고 약 준다

남을 힘들게 하고, 나중에 도와주는 시늉을 한다는 뜻으로 쓰는 말.

- 비슷한 속담 : '뺨 치고 등 어른다'
- 반대 속담 : '나무에 오르라 하고 흔드는 격', '어르고 등친다', '이 층에 올려 보내고 사다리 뺀다'

* 보기 좋은 떡이 먹기도 좋다

눈으로 보기에 좋아야 맛도 있다는 뜻으로 쓰는 말.

* 보름달 앞에 가로등

서로 도저히 경쟁상대가 되지 못할 만큼 차이가 있다는 뜻으로 하는 말.

- 비슷한 속담 : '반딧불로 별을 대적하랴'

* 보름달이 밝은 줄 몰랐더냐

뻔한 사실도 알지 못하는 사람을 두고 비꼬는 말.

* 보리 안개는 죽 안개고, 나락 안개는 밥 안개다

봄에 안개가 끼면 보리 수확을 감소시켜 죽을 쑤어 먹고 살게 하지만, 가을에 안개가 끼면 날씨가 좋아 벼의 수확이 많아져서 쌀밥을 먹게 된다는 뜻으로 쓰는 말.

＊ **보릿고개 때의 손님은 호랑이보다 더 무섭다**

먹고사는 형편이 아주 어려울 때 찾아오는 손님은 대접하기 매우 어렵다는 뜻.

＊ **보자기로 구름 잡으려 한다**

도저히 가능하지 않는 일을 시도하려고 한다는 뜻으로 쓰는 말.

　■ 비슷한 속담 : '낙타가 바늘구멍 찾는 격', '막대기로 하늘을 잰다', '쥐구멍에 소 몰아 넣는다'

＊ **복을 받고 싶거든 마음씨를 고치랬다**

착한 마음을 가져야 복을 받을 수 있다는 뜻으로 이르는 말.

　■ 비슷한 속담 : '부자 되려고 애쓰지 말고 심사를 고치랬다', '심술쟁이 복을 받지 못한다'

＊ **봄비는 쌀비다**

봄에 비가 넉넉하게 오면 논농사가 잘 되어 풍년이 든다는 뜻.

＊ **봄에 깐 병아리 가을에 와서 세어본다**

계산속이 야물지 않아 뒤늦은 행동을 한다는 뜻으로 이르는 말.

＊ **봄에 씨를 뿌리지 않으면, 가을이 되어도 거둘 것이 없다**

때를 놓치지 않고 부지런히 일해야만 좋은 결과를 얻게 된다는 뜻.

✳ 봉사 나라에서는 애꾸가 왕

무능력한 사람이 모인 곳에서는 능력이 조금만 있어도 우두머리 노릇을 하게 된다는 뜻.

■ 반대 속담 : '바보 속에 천재 하나 있으면, 천재가 바보 된다'

✳ 봉사는 많은데 지팡이는 하나다

어떤 것을 원하는 사람은 많은데, 수가 턱없이 부족할 때 쓰는 말.

✳ 부귀한 처지에 있으면, 빈천한 처지의 고통을 알아야 한다

잘 먹고 잘 사는 사람일수록 못 가진 사람이 받는 고통에 관심을 기울여야 한다는 뜻.

✳ 부뚜막에 한 번 똥 눈 강아지는 늘 저 강아지 저 강아지 한다

한 번 잘못을 저지르면 늘 의심을 받게 된다는 뜻.

✳ 부뚜막의 소금도 집어 넣어야 짜다

아무리 쉽고 간단한 일이라도 노력 없이 이루어지는 일은 없다는 뜻으로 이르는 말.

■ 비슷한 속담 : '길이 아무리 가까워도 가지 않으면 이르지 못한다'

✳ 부모는 먹지 않고 자식에게 주고, 자식은 먹고 남아야 부모에게 준다

자식이 부모를 생각하는 것보다 부모가 자식을 사랑하는 마음이 훨씬 더 크다는 뜻.

■ 비슷한 속담 : '부모 열 번 생각하면, 자식이 한 번 생각한다'

* 부모 말을 들으면 자다가도 떡이 생긴다
부모의 가르침을 마음에 잘 담고 행하면 언젠가는 이익이 된다는 뜻으로 쓰는 말.

* 부모 열 번 생각하면, 자식이 한 번 생각한다
부모의 마음은 늘 자식 생각이지만, 자식은 그렇지 않다는 뜻으로 이르는 말.
■ 비슷한 속담 : '부모는 먹지 않고 자식에게 주고, 자식은 먹고 남아야 부모에게 준다'

* 부모한테 맞을 때는 빨리 달아나는 것이 효도다
매를 맞는 자식보다 때리는 부모 마음이 더 아프니, 그 뜻을 알고 빨리 피하는 것이 효도라는 말.

* 부유할 때 아끼지 않으면 가난할 때 뉘우치게 된다
재물이 많다고 낭비를 하게 되면 망하기 쉽고, 가난해진 후 뉘우쳐도 소용이 없다는 뜻.

* 부지런 부자는 하늘도 못 막는다
부지런히 일하면 반드시 부자가 될 수밖에 없다는 말.

부지런한 새가 벌레도 더 잡아먹는다

부지런한 사람은 게으른 사람에 비해 더 많은 이익을 차지할 수 있다는 뜻으로 쓰는 말.

- 비슷한 속담 : '일이 바쁘면 입도 바쁘다'
- 반대 속담 : '손이 놀면 입도 논다'

불난 집에 부채질

좋지 않은 상태를 더욱 좋지 않게 만든다는 뜻으로 쓰는 말.

- 비슷한 속담 : '언 볼에 곤장치기'

불면 날아갈 듯, 쥐면 꺼질 듯

어떤 것을 매우 소중하게 다룬다거나, 자식을 무척 아끼고 사랑하는 부모의 마음을 두고 하는 말.

- 비슷한 속담 : '금을 준들 너를 사며, 은을 준들 너를 사랴', '금이야 옥이야 한다'

불벼락이 떨어진다

매우 심하게 호통을 친다는 뜻으로 비유하는 말.

비바람을 모른다

어려운 것을 모르고 아주 편하게 산다는 뜻.

비 온 뒤에 땅이 더 굳어진다

사람 관계나 어떤 일에 어려움을 겪고 나면 오히려 더욱 사정이 좋아질 수 있다는 뜻.

✻ 빈 깡통이 소리는 더 요란하다
아는 것이 없거나 가진 것이 없는 사람일수록 더 제 자랑을 한다는 뜻.

- 비슷한 속담 : '빈 수레가 더 요란하다', '설익은 이삭이 고개를 쳐든다'
- 반대 속담 : '깊은 물일수록 소리 없이 흐른다', '벼는 익을수록 고개를 숙인다'

✻ 빈 수레가 더 요란하다
아는 것이나 가진 것이 없는 사람일수록 더 아는 척하거나 더 가진 척한다는 뜻으로 쓰는 말.

- 비슷한 속담 : '빈 깡통이 소리는 더 요란하다', '설익은 이삭이 고개를 쳐든다'
- 반대 속담 : '깊은 물일수록 소리 없이 흐른다', '벼는 익을수록 고개를 숙인다'

✻ 빗자루 들자 마당 쓸라 한다
어떤 일을 하려는 순간에 그 일을 시킨다는 말이거나, 자발적으로 하려는 마음에 실망을 주어 의욕이 없어지게 한다는 뜻.

✻ 빛 좋은 개살구
겉은 좋아 보이지만 속은 형편없다는 뜻으로 비꼬는 말.

■ 반대 속담 : '뚝배기보다 장맛'

✻ 빨리 알기는 칠월 귀뚜라미다
가을이 온 것을 제일 먼저 알리는 것이 귀뚜라미 울음소리라는 뜻으로, 소식에 빠른 사람을 두고 하는 말.

✻ 뻐꾸기 제 이름 부르듯 한다
자기 자랑만 입버릇처럼 하는 사람을 두고 하는 말.

* 사공이 많으면 배가 산으로 간다

어떤 일에 여러 사람이 제 주장만 내세우게 되면 일을 망치게
된다는 뜻으로 하는 말.

* 사과가 되지 말고 토마토가 되어라

겉 다르고 속 다른 사람이 되지 말고, 겉과 속이 같은 사람이
되라는 뜻.

* 사나운 강아지 콧등 아물 날 없다

성질이 사나운 사람은 싸우는 일이 잦기 때문에 상처가 아물
겨를이 없다는 뜻으로 빗대는 말.

* 사돈이 남 말 한다

제 처지는 잊고 남들만 비난하는 사람을 두고 하는 말.

* 사람과 곡식은 가꾸기에 달렸다

부지런히 가꾸고 돌보아야 곡식이 잘 되는 것처럼, 사람도 어려
서부터 잘 가르쳐야 훌륭하게 자랄 수 있다는 뜻으로 이르는 말.

* 사람은 밥이 분이고, 옷이 날개다

잘 먹고 잘 입어야 인물이 돋보인다는 뜻.

* 사람은 얼굴보다 마음이 고와야 한다

얼굴이 예쁜 사람보다는 마음이 착한 사람이 더 낫다는 뜻으로

쓰는 말.

* 사람은 재물을 탐내다 죽고, 새는 먹이를 탐내다 죽는다

사람은 돈에 대한 지나친 욕심 때문에 화를 입게 된다는 뜻으로 하는 말.

* 사람은 죽어서 이름을 남기고, 범은 죽어서 가죽을 남긴다

열심히 노력해서 세상에 이름을 남기는 것이 많은 사람들의 욕심이라는 뜻.

* 사람의 마음은 하루에도 열두 번씩 변한다

사람의 마음은 때와 장소에 따라 쉽게 변하기 마련이라는 뜻으로 하는 말.

* 사람의 입은 행복과 불행이 드나드는 문턱이다

말 한 마디 잘하거나 잘못하는데 따라서 행복이 찾아올 수도, 불행이 찾아올 수도 있으니 늘 말조심을 해야 한다는 뜻으로 이르는 말.

* 사마귀가 수레에 덤벼드는 꼴

도저히 상대가 되지 않는 강자에게 겁 없이 덤벼든다는 뜻으로 하는 말.

- 비슷한 속담 : '개미가 큰 바윗돌을 굴리려고 하는 셈', '달걀로 바위치기'

* 사촌이 땅을 사면 배가 아프다

인간의 시기심은 가까운 사이에 오히려 더 생겨난다는 뜻으로 쓰는 말.

* 사흘 굶으면 못할 노릇이 없다

어느 누구라도 오래 굶으면 옳지 못한 행동도 하게 된다는 뜻으로 쓰는 말.

  ■ 비슷한 속담 : '개도 사흘 굶으면 몽둥이를 무서워하지 않는다'

* 산골 너구리 사촌

깊은 산속에서 소박하게 사는 사람을 두고 이르는 말.

* 산 너머 산이요, 물 건너 물이라

어떤 일이 가면 갈수록 더 힘들어 진다는 뜻으로 이르는 말.

  ■ 비슷한 속담 : '갈수록 태산이다', '산은 오를수록 높고, 물은 건널
            수록 깊다'

* 산에서 노는 까마귀도 석 달 열흘이 지나면 부모 공을 갚는다

누구나 부모의 은혜를 잊어서는 안 된다는 뜻으로 쓰는 말.

  ■ 비슷한 속담 : '까마귀는 자라서 어미를 먹인다'

* 산토끼 잡으려다가 집토끼 잃는다

지나치게 욕심을 부리다가 이미 차지한 것까지 잃어버린다는

뜻으로 하는 말.

■ 비슷한 속담 : '가는 토끼 잡으려다 잡은 토끼 놓친다'

* 삼 년 친구 성 밖에 모른다

꼭 알고 있어야 할 것을 모르니 아주 어처구니가 없다는 뜻으로 빗대는 말.

* 삼십육계에도 줄행랑이 제일이라

모든 계략 중에서 도망가는 것이 최선의 방법일 수 있다는 말.

* 삼척동자라도 안다

누구나 다 알 수 있는 쉬운 것이라는 뜻으로 쓰는 말.

■ 비슷한 속담 : '지나가는 똥개도 다 안다'

* 상 밑에서 숟가락 줍기

아주 쉬운 일이라는 뜻으로 쓰는 말.

■ 비슷한 속담 : '누워서 떡 먹기', '땅 짚고 헤엄치기', '손바닥 뒤집기', '식은 죽 먹기'

■ 반대 속담 : '하늘에 별 따기'

* 상이라면 찬물도 좋다

아무리 별것 아닌 것이라 할지라도, 누구나 상 받기를 좋아한다는 뜻.

✽ 상처는 핥아 주어야지, 긁는 법이 아니다

고통을 당하고 있는 사람에게는 위로해 주는 것이 도리라는 뜻으로 하는 말.

■ 반대 속담 : '우는 가슴에 말뚝 박기'

✽ 새도 두 날개로 날아야 한다

무슨 일이든지 서로 힘을 합쳐야 잘 이루어진다는 뜻으로 이르는 말.

✽ 새도 저물면 제 집으로 돌아간다

어두워지면 밖에서 방황하지 말라는 뜻으로 하는 말.

■ 비슷한 속담 : '까막까치도 저녁이면 제 집으로 돌아간다'

✽ 새를 보고 싶거든 나무를 심으랬다

어떤 목적을 이루려면 적절한 조건을 먼저 갖추어야 한다는 말.

■ 비슷한 속담 : '호랑이를 청하지 말고, 숲 먼저 짓게 하라'

✽ 색안경을 쓰고 본다

어떤 것에 대해 좋지 않은 쪽으로만 생각한다는 뜻으로 쓰는 말.

✽ 생각하기보다 당하기가 낫다

어떤 두려운 일을 당하는 것보다 그때까지 두려움에 떠는 것이 더 고통스럽다는 뜻.

■ 비슷한 속담 : '맞는 매보다 겨누는 매가 더 못 견딜 지경이라', '매

도 먼저 맞는 매가 낫다'

✳ 생일상 받으려고 사흘을 굶는다
어떤 좋은 일을 앞두고 너무 오래 전부터 기대에 부풀어 엉뚱한 행동을 한다는 뜻.

✳ 생쥐도 막다른 곳에 몰리면 고양이를 문다
아무리 약자라도 궁지에 몰리면 강자에게 덤벼들기 마련이라는 말.

✳ 생쥐 볼가심할 것도 없다
가난하여 먹을 것이 전혀 없다는 뜻으로 쓰는 말.
  - 비슷한 속담 : '목구멍에 거미줄 친다', '아궁이에 풀이 나서 범이 새끼 치겠다'

✳ 서당 개 삼 년에 풍월을 읊는다
아무리 무식한 사람도 어떤 것을 오래도록 겪으면 제법 흉내를 낼 수 있다는 말.

✳ 서면 앉고 싶고, 앉으면 눕고 싶다
사람은 편할수록 더 편해지고 싶어 한다는 뜻으로 이르는 말.

✳ 서울 가서 한양을 찾는다
무지하여 매우 어처구니없는 짓을 한다는 뜻.

* 서울 양반은 쌀나무에서 쌀이 열린다고 한다
마땅히 알아야 할 것을 모르는 사람을 두고 하는 말.

* 설익은 이삭이 고개를 쳐든다
아는 것이 적은 사람일수록 더 아는 체를 한다는 말.
- 비슷한 속담 : '빈 깡통이 소리는 더 요란하다', '빈 수레가 더 요란
  하다'
- 반대 속담 : '깊은 물일수록 소리 없이 흐른다', '벼는 익을수록 고
  개를 숙인다'

* 섧다섧다 해도 배고픈 설움이 제일이다
세상 서러운 일 중에 배고픈 것이 제일 슬픈 일이라는 말.

* 성심을 다한 사람의 힘은 하늘도 움직인다
무슨 일이든 열심히 하는 사람에게 좋은 결과가 있기 마련이라
는 말.
- 비슷한 속담 : '지성이면 감천이라'

* 세 번만 참으면 살인도 면한다
아무리 화가 나더라도 몇 번 감정을 억누르면 후회할 일을 저
지르지 않게 된다는 말.
- 비슷한 속담 : '참는 게 약이다'

✽ 세 살 버릇이 여든까지 간다

어릴 때 든 버릇은 나이가 들어도 고치기 힘드니, 처음부터 좋은 습관을 들여야 한다는 뜻으로 쓰는 말.

✽ 세상만사 마음먹기에 달렸다

세상의 모든 일은 제 마음을 어떻게 갖느냐에 따라 얼마든지 달라질 수 있다는 뜻으로 하는 말.

■ 비슷한 속담 : '곱게 보면 다 곱다'

✽ 세상에서 제일 예쁜 꽃이 아이들의 얼굴이다

해맑게 커가는 아이들이 세상의 어느 것보다 값지다는 뜻으로 하는 말.

✽ 세상은 안경 빛깔대로 변한다

모든 일은 제가 보거나 생각하는 것에 따라 얼마든지 다르게 보일 수 있다는 말.

✽ 세월아 네월아 한다

어떤 일에 서두르지 않고 여유를 부린다는 뜻으로 쓰는 말.

■ 비슷한 속담 : '세월아 좀먹어라 한다'

✽ 세월 앞에 안 늙는 장사 없다

아무리 젊고 건강한 사람도 세월이 가면 어쩔 수 없이 늙는다는 말.

* 소같이 일해서 쥐 같이 먹는다
무척 열심히 일하고 먹는 것은 아주 조금만 먹고 아낀다는 말.
- 반대 속담 : '먹는 데는 귀신이요, 일하는 데는 굼벵이다', '아귀 같
  이 먹고, 굼벵이 같이 일한다'

* 소나기는 오고, 황소는 도망치고, 똥은 마렵다
급박한 일이 동시에 생겨 어떤 것부터 먼저 해야 할지 몰라 허
둥대는 경우를 두고 하는 말.

* 소나기 만난 소금마당 꼴
아주 급박한 처지가 되어 손 쓸 겨를이 없게 되었다는 뜻.

* 소낙비에 매미소리 그치듯
어떤 소리가 갑자기 뚝 그친다는 뜻으로 하는 말.

* 소 닭 보듯, 닭 소 보듯
서로에게 아무런 관심이나 흥미가 없다는 뜻으로 쓰는 말.
- 반대 속담 : '동지섣달 꽃 본 듯'

* 소 뒷걸음질하다 쥐 잡는다
아주 우연하게 큰 성과를 거두었다는 뜻으로 쓰는 말.

* 소리 난 방귀가 냄새 없다
말로만 떠들어 대는 사람이나 잘 알려진 일이 오히려 보잘것없

다는 뜻.

- 비슷한 속담 : '소문 난 잔치에 먹을 것 없다'

* 소리 없는 벌레가 벽을 뚫는다

평소 내색을 하지 않던 사람이 어떤 일을 하면 더 대단하다는
뜻으로 하는 말.

- 비슷한 속담 : '무는 개는 짖지 않는다'

* 소문 난 잔치에 먹을 것 없다

크게 소문난 일이 오히려 실속이 없다는 말로, 소문과 실제가
같지 않다는 뜻.

- 비슷한 속담 : '소리 난 방귀가 냄새 없다'

* 소에게 한 말은 소문이 안 나도, 사람에게 한 말은 난다

아무리 입이 무거운 사람이라도 비밀을 잘 지키는 것은 어렵다
는 말.

* 소 잃고 외양간 고친다

이미 큰 손해를 보고 뒤늦게 잘못된 것을 깨닫는다는 뜻으로
쓰는 말.

* 소 입에서 소 말 나오고, 개 입에서 개 말 나온다

타고난 성품은 고치기 어렵다는 뜻이거나, 말에 그 사람의 됨
됨이가 나타난다는 뜻으로 쓰는 말.

✽ 소 타고 소 찾는다

제정신을 차리지 못하여 아주 터무니없는 짓을 한다는 뜻으로 쓰는 말.

- ■ 비슷한 속담 : '업은 아기 삼 년 찾는다'

✽ 소 타고 얼음장 위를 걷는 것 같다

어떤 일의 진행이나 사람의 행동이 아주 위태로워서 매우 불안하다는 뜻.

- ■ 비슷한 속담 : '술 취한 놈 달걀 팔 듯', '장님 눈 먼 말 탄 격이다'

✽ 속 가난 겉 부자

실제 형편은 좋지 않지만 겉으론 부자인 척한다는 뜻.

- ■ 비슷한 속담 : '비단 두루마기 속의 누더기'
- ■ 반대 속담 : '난 거지 속 부자'

✽ 속 각각 말 각각

마음속으로 생각하는 것과 말 하는 것이 다르다는 말.

- ■ 비슷한 속담 : '속 다르고 겉 다르다'

✽ 속 다르고 겉 다르다

마음속에 품고 있는 생각과 실제로 하는 행동이 아주 다르다는 뜻으로 쓰는 말.

- ■ 비슷한 속담 : '속 가각 말 각각'

✳ 손가락 하나 까닥도 안 한다

아무 일도 하지 않고 게으름을 부리며 편하게 산다는 뜻으로 하는 말.

   ■ 비슷한 속담 : '발바닥에 털 나겠다'

✳ 손님과 백로는 일어서야 예쁘다

오래 머물러 있는 손님은 귀찮게 여겨지니, 될 수 있으면 빨리 떠나야 한다는 말.

   ■ 비슷한 속담 : '생선과 손님은 사흘이면 냄새가 난다', '손님은 갈수록 좋고, 눈은 올수록 좋다'

✳ 손바닥 뒤집기

아주 쉬운 일이라는 뜻으로 하는 말.

   ■ 비슷한 속담 : '누워서 떡 먹기', '땅 짚고 헤엄치기', '상 밑에서 숟가락 줍기', '식은 죽 먹기'
   ■ 반대 속담 : '하늘에 별 따기'

✳ 손바닥 들여다보듯

무슨 일에 대해서 훤하게 다 알고 있다는 뜻으로 쓰는 말.

   ■ 비슷한 속담 : '거울 들여다보듯 한다'

✳ 손바닥으로 하늘 가린다

어떤 일을 아무리 숨기려고 해도 소용이 없다는 뜻으로 빗대는 말.

* 손뼉도 마주쳐야 소리가 난다

싸움은 결코 한 사람의 잘못으로 일어나지 않는다는 말이거나, 어떤 일을 혼자 하는 것보다 협력하면 더 잘 할 수 있다는 뜻으로 이르는 말.

* 손 안 대고 코 풀려고 한다

아무런 노력도 없이 일을 해결하려고 한다는 말.
- 비슷한 속담 : '씨도 안 뿌리고 추수하려고 한다'

* 손에 쥐어주어도 못한다

어떤 일을 쉽게 할 수 있도록 여건을 만들어 주어도 못하거나, 아무리 가르쳐 주어도 통 모른다는 뜻으로 쓰는 말.

* 손이 놀면 입도 논다

일을 하지 않는 게으름뱅이는 당연히 먹을 것이 없어 굶게 된다는 뜻으로 하는 말.
- 반대 속담 : '부지런한 새가 벌레도 더 잡아먹는다', '일이 바쁘면 입도 바쁘다'

* 손이 발이 되도록 빈다

잘못을 용서 받기 위해 매우 간절하게 애원한다는 뜻.
- 비슷한 속담 : '파리 앞발 비비듯 한다'

* 손이 비단이다
손으로 좋은 것들을 다 이루어내니, 그만큼 손이 소중하다는 뜻으로 하는 말.

* 솔직한 것보다 더 큰 용기는 없다
사실대로 말하기 어려운 일에도 거짓말을 하지 않으려면 큰 용기가 필요하다는 뜻.

* 송곳니를 가진 호랑이는 뿔이 없다
누구나 좋은 것을 충분하게 가질 수는 없다는 뜻.

* 쇠고집과 닭고집이다
고집이 아주 센 사람을 두고 하는 말.

* 쇠귀에 경 읽기
아무리 깨우쳐 주려고 해도 도무지 알아듣지 못한다는 뜻.
- 반대 속담 : '하나를 가르쳐 주면 열을 안다'

* 쇠똥도 마르면 땔감으로 쓰인다
아무리 하찮은 것일지라도 소중히 쓰일 곳이 있기 마련이라는 뜻으로 하는 말.

* 쇠뿔도 단김에 빼라
어떤 일을 하려면 망설이지 말고 당장 하라는 말.

* 수달은 코 떼놓고 볼 것 없다

수달처럼 코가 유난히 큰 사람을 빗대어 하는 말.

* 수달이 많으면 고기 씨가 마른다

수달이 물고기를 무척 많이 잡아먹는다는 생각에서 비롯된 말.

* 수박 겉 핥기

무슨 일을 제대로 하지 않고 시늉만 낸다는 뜻으로 쓰는 말.

■ 비슷한 속담 : '고양이 세수하듯 한다', '말 달리며 산 구경하기'

* 수염은 고생할 때 길고, 손톱은 편할 때 긴다

어떤 처지에 있느냐에 따라 몸의 반응도 다르게 나타난다는 뜻으로 하는 말.

* 숟가락으로 웅덩이 물 퍼내기

하는 짓이 아주 옹졸하다는 뜻으로 비꼬는 말.

* 숨기는 일치고 좋은 일 없다

좋은 일은 자랑하고 싶은 게 사람의 보통 마음이기에 숨기는 일은 좋지 않은 일이라는 말이거나, 남이 숨기려는 일을 굳이 캐물어 알려고 하지 말라는 뜻.

* 슬픈 일이 없는데 슬퍼하면, 반드시 슬픈 일이 생긴다

대수롭지 않은 일에 슬퍼하지 말고 늘 밝은 마음으로 살아야 좋은 일도 생긴다는 말.

＊ 승부에서는 화를 내면 진다

제 분을 참지 못하는 사람보다 자신의 감정을 잘 조절할 줄 아는 사람이 이기게 된다는 말.

＊ 시간은 황금이다

짧은 시간이라도 헛되이 보내지 말라는 뜻으로 이르는 말.

＊ 시작이 반이다

어떤 일이라도 일단 시작하면 이룰 수 있다는 뜻으로 쓰는 말.

＊ 시장이 반찬이다

배가 고플 때는 아무리 시원찮은 음식이라도 맛있게 여겨진다는 뜻으로 쓰는 말.

- 비슷한 속담 : '굶주린 끝에 먹는 고기 맛이다'

＊ 식은 죽 먹기

무엇인가를 아주 쉽게 할 수 있다는 뜻으로 쓰는 말.

- 비슷한 속담 : '누워서 떡 먹기', '땅 짚고 헤엄치기', '상 밑에서 숟가락 줍기', '손바닥 뒤집기'
- 반대 속담 : '하늘에 별 따기'

* 신선놀음에 도낏자루 썩는 줄 모른다

어떤 나무꾼이 신선들 두는 바둑 구경에 빠져 세월이 흐르는 것도 모르다가 도낏자루가 다 썩었다는 이야기에서 나온 말로, 제 본분은 잊고 다른 일에 정신을 팔다가는 큰일을 당할 수 있다는 뜻으로 하는 말.

* 신 신고 발바닥 긁기

어떤 일을 제대로 하지 못해 좋은 결과를 못 얻는다는 뜻으로 하는 말.

* 심술만 먹어도 삼년은 먹겠다

무척 심술이 많은 사람을 두고 빗대는 말.

* 심술쟁이 복을 받지 못한다

남을 못되게 괴롭히는 사람은 결국 불행해질 수밖에 없다는 뜻으로 하는 말.

■ 비슷한 속담 : '복을 받고 싶거든 마음씨를 고치랬다', '부자 되려고 애쓰지 말고 심사를 고치랬다'

* 심은 대로 거둔다

세상 어떤 일도 노력한 만큼 이룰 수 있다는 뜻.

■ 비슷한 속담 : '죄악을 심고 덕의 열매를 따먹을 수 없다', '콩 심은 데 콩 나고, 팥 심은 데 팥 난다'

* 십 년 묵은 체증이 다 내려간다

걱정하던 일이 해결되어 근심이 한꺼번에 사라져 후련하다는 뜻으로 하는 말.

- 비슷한 속담 : '앓던 이가 빠진 것 같다'

* 십 년이면 강산도 변한다

십 년 정도의 세월이 지나면 세상에 변하지 않는 것이 없다는 뜻으로 이르는 말.

* 십 리에 한 걸음, 오 리에 한 걸음

발걸음이 매우 느리다는 뜻으로 하는 말.

- 비슷한 속담 : '거북이 고기를 먹었나', '굼벵이 굴러가듯 한다'
- 반대 속담 : '쏜 살 같다', '호랑이 다리를 삶아 먹었나'

* 싸우던 개도 돌아서면 꼬리를 친다

짐승들도 싸우다가 곧 화해를 하는데, 하물며 사람이 그렇지 않으면 되겠느냐는 뜻으로 이르는 말.

* 싸움 끝에 정 붙는다

티격태격하다가도 화해하게 되면 더 친한 사이가 될 수 있다는 말.

* 싸움은 말리고 흥정은 붙이랬다

싸움은 당연히 말려야 하고, 물건을 사고파는 일은 잘 성사되도록 하는 것이 도리라는 말.

＊ 싸움은 말릴 때 그만두랬다
싸움을 하더라도 기회가 왔을 때 그만두는 것이 서로에게 이롭다는 말.

＊ 쌀 한 알이 땀 한 방울이다
농부가 온갖 고생을 하여 얻는 수확이기 때문에, 한 알이라도 소중하게 생각해야 된다는 뜻으로 이르는 말.
- 비슷한 속담 : '곡식은 농부의 땀을 먹고 자란다'

＊ 썩은 고기 한 마리가 뱃간 온 고기를 망친다
좋지 않은 것이 하나라도 있으면, 주위에 나쁜 영향을 주게 된다는 뜻으로 이르는 말.
- 비슷한 속담 : '물고기 한 마리가 온 강물을 흐려 놓는다', '썩은 감자 하나가 섬 감자를 썩힌다'

＊ 쏜 살 같다
어떤 것의 움직임이 아주 빠르다는 뜻으로 하는 말.
- 비슷한 속담 : '호랑이 다리를 삶아 먹었나'
- 반대 속담 : '거북이 고기를 먹었나', '굼벵이 굴러가듯 한다', '십 리에 한 걸음, 오 리에 한걸음'

* 쑥떡방아를 찧는다

여럿이 모여 남의 흉을 본다는 말.

* 쓰다 달다 말이 없다

어떤 일에 싫다거나 좋다거나 아무런 반응이 없다는 뜻으로 이르는 말.

* 쓴 것이 약

먹기 힘들거나 듣기 싫은 것이 오히려 이로움을 줄 수 있다는 뜻으로 하는 말.
- ■ 비슷한 속담 : '달콤한 사탕은 몸을 해쳐도, 쓴 약은 병을 고친다', '입에 쓴 약이 몸에 좋다'

* 씨도 안 뿌리고 추수하려고 한다

노력은 전혀 하지 않고 이익을 얻으려고 한다는 뜻으로 쓰는 말.
- ■ 비슷한 속담 : '손 안 대고 코 풀려고 한다'

* 씨 받아 가꿀 소리

아주 소중한 말이어서 두고두고 보존해야 한다는 뜻이거나, 말이 안 되는 소리라는 뜻으로 비꼬는 말.

* 씨암탉 잡아 줄 손님

아주 소중한 것을 내줄 만큼 소중한 손님이라는 뜻으로 하는 말.

* 아궁이에 풀이 나서 범이 새끼 치겠다

가난하여 오랫동안 밥을 짓지 못하고 굶고 산다는 뜻으로 하는
말.

■ 비슷한 속담 : '목구멍에 거미줄 치겠다', '생쥐 볼가심 할 것도 없다'

* 아귀 같이 먹고, 굼벵이 같이 일한다

먹는 것은 아주 밝히면서 일은 게으르게 한다는 뜻으로 하는 말.

■ 비슷한 속담 : '먹는 데는 귀신이요, 일하는 데는 굼벵이다'

■ 반대 속담 : '소같이 일해서 쥐 같이 먹는다'

* 아기를 보아주려면 아기 엄마가 올 때까지 봐 주랬다

뭔가 일을 도와준다고 시작했으면 끝까지 도와주라는 뜻으로
쓰는 말.

■ 비슷한 속담 : '남의 일 봐주려면 삼년상까지 봐줘라'

* 아는 것이 힘이다

배워서 지식을 쌓은 후에야 제 역할을 할 수 있는 능력을 갖추
게 된다는 뜻으로 하는 말.

* 아는 길도 물어서 가라

잘 알고 있는 것도 늘 다시 확인하는 버릇을 들여야 실수를 하
지 않는다는 말.

■ 비슷한 속담 : '돌다리도 두드리며 건너라'

✽ 아니 땐 굴뚝에 연기 날까

무슨 일이 일어나면 거기에는 반드시 이유가 있다는 뜻으로 쓰는 말.

> ■ 비슷한 속담 : '가만히 있는 손이 뺨을 치랴', '소문치고 얼터귀 없는 뜬소문 없다'

✽ 아닌 밤중에 홍두깨

생각지도 못하던 것이 갑자기 나타나 사람을 놀라게 한다는 말.

✽ 아이는 두 번 먹고 어미는 한 번 먹는다

어머니는 제 자신보다 자식을 우선으로 생각한다는 뜻.

✽ 아이는 접시를 깨도 말이 많고, 어른은 독을 깨도 말이 없다

아이와 어른이 저지른 일에 대해서 차별을 둔다는 뜻으로 하는 말.

✽ 아이 둘만 기르면 반의사가 된다

아이들은 병치레를 하면서 자라기 때문에, 부모는 경험을 통해서 웬만한 치료법을 터득하게 된다는 뜻.

✽ 아이들 보는데 찬물도 못 마신다

아이들은 분별력이 부족해 무엇이든지 따라하기 때문에 어른들이 행동을 조심스럽게 해야 한다는 뜻.

* 아이를 보면 그 부모도 알 수 있다

아이들은 어른의 말과 행동을 따라하기 때문에 어른들이 행동을 잘해야 한다는 뜻.

* 아이 크는 것은 알아도, 저 늙는 줄은 모른다

부모들은 자식 키우기에 바빠서 세월 가는 것도 모른다는 뜻.

* 아침 매미가 울면 날씨가 좋다

아침에 매미가 우느냐 울지 않느냐를 보고 그 날의 날씨를 알 수 있다는 뜻.

* 아침 무지개에는 소나기가 온다

아침에 무지개가 뜨면 비가 내릴 징조라는 말.

* 아침에 파리요, 저녁 모기다

여름밤에는 모기 때문에 잠을 못 자고, 아침에는 파리가 사람을 괴롭힌다는 뜻.

* 아홉 가진 놈이 하나 가진 놈 부러워한다

욕심이 지나쳐 남들이 가지고 있는 작은 것까지 탐을 낸다는 말.

* 악한 사람에게는 악한 귀신이 따르고, 선한 사람에게는 선한 귀신이 따른다

못된 사람은 벌을 받게 되고, 착한 사람은 복을 받게 된다는 뜻으로 하는 말.

＊ 안 듣는 데서는 나라님 흉도 본다

듣지 않는 데서는 누구라도 욕을 먹기 마련이라는 뜻.

＊ 안 주어서 못 받지, 손 작아서 못 받으랴

뭔가를 준다면 거절하지 않고 받겠다는 뜻으로 하는 말.

＊ 앉아서 삼천 리를 보고, 서서 구만 리를 본다

가만히 있으면서도 먼 데서 일어나는 일까지 다 알 정도로 통찰력이 있는 사람을 두고 이르는 말.

＊ 앉아 있는 영웅보다 떠다니는 거지가 낫다

아무리 뛰어난 사람이라도 한 곳에 머물러 있으면 세상의 이치를 깨달을 수 없다는 말로, 많은 것을 보고 직접 경험하면서 지혜를 쌓아야 된다는 뜻.

- 비슷한 속담 : '굴린 계란은 병아리 되고, 손에 쥔 계란은 곯는다', '돌아먹은 무식이 앉은 유식을 이긴다', '보는 바가 크면 이루는 바도 크다'

＊ 알 두고 온 새 마음이다

알을 훔쳐갈 까봐 걱정하는 어미 새처럼, 무척 불안정한 마음을 두고 하는 말.

* 알면 병 모르면 약

어떤 일에 대해 차라리 모르면 마음이 편할 수 있지만, 알게 되면 걱정거리가 된다는 말.

* 앓던 이가 빠진 것 같다

걱정거리가 없어져 속이 후련하다는 뜻으로 빗대는 말.

■ 비슷한 속담 : '십 년 묵은 체증이 다 내려간다'

* 애물단지가 보물단지가 된다

아무 쓸모없고 귀찮기만 하던 것이 갑자기 행운을 가져다주어 매우 소중하게 되었다는 말.

* 앵무새 말 배우듯

뜻도 모르면서 남의 말을 따라하는 것을 두고 하는 말.

* 약 먹은 병아리 꼴

힘없이 꾸벅꾸벅 졸고 있는 사람을 두고 빗대는 말.

* 약방의 감초

한약에 감초가 빠지지 않고 들어간다는 데서 비롯된 말로, 무슨 일에나 끼어들기 좋아하는 사람이나 어디에나 쓸모 있는 꼭 필요한 물건이나 사람을 두고 하는 말.

* 약빠른 참새가 덫에 걸린다

눈치와 행동이 빠른 사람일수록 자신을 너무 믿어 오히려 화를 입기 쉽다는 뜻으로 이르는 말.

* 얌전한 고양이가 부뚜막에 먼저 올라간다

겉으로는 얌전한 체하면서 엉뚱한 짓은 먼저 한다는 뜻으로 하는 말.

* 양가죽 걸어놓고 늑대 고기 판다

겉으로는 제법 훌륭한 모습을 보여주고 실제로는 음흉한 짓을 한다는 말.

* 양손에 든 떡

한꺼번에 여러 가지 좋은 일이 생겼다거나, 그럴 때 어떤 것을 먼저 챙겨야 할지 모르겠다는 뜻으로 하는 말.

■ 비슷한 속담 : '밥 위에 떡'

* 양의 탈을 쓴 이리

품고 있는 마음은 악한데 겉으로는 선한 척한다는 뜻으로 쓰는 말.

■ 반대 속담 : '겉은 범이고 속은 양이다'

* 양지가 음지 되고 음지가 양지 된다

좋은 처지에 있다가도 어렵게 되고, 어려운 처지에 있다가도 좋게 되기도 한다는 말.

✳ 양지 마당에 씨암탉 걸음

아주 복스럽고 여유 있게 걷는 모습을 두고 하는 말.

✳ 어깨를 스쳐도 인연이다

아무리 사소한 만남도 인연이 있기 때문이라는 뜻으로 하는 말.
- 비슷한 속담 : '하고 많은 길바닥 돌에도 연분이 있어야 찬다', '한 그늘에서 쉬는 것도 인연이다'

✳ 어느 장단에 춤을 추어야 할지 모른다

누구의 말을 따라야 할지 모르겠다는 뜻으로 하는 말.

✳ 어느 집 개가 짖느냐 한다

남의 말을 전혀 들은 체도 하지 않는다는 뜻으로 하는 말.

✳ 어두운 밤에 등불 만난 듯

아주 힘든 일을 겪을 때에 희망이 생겼다는 뜻으로 쓰는 말.

✳ 어둡기로 숟가락이 입이야 못 찾아 들어갈까

익숙한 일은 조건이 좋지 않아도 할 수 있다는 뜻으로 비유하는 말.

✳ 어려서 배우지 않으면 커서 눈 뜬 봉사 된다

어려서 열심히 배우지 않으면 어른이 되어도 아는 것이 없기 때문에 세상 살아가기 힘들게 된다는 뜻으로 이르는 말.

＊ 어림 반 닷곱 없는 소리 한다

전혀 이치에 맞지 않는 엉뚱한 말을 한다는 뜻으로 하는 말.

＊ 어머니 손은 약손이다

어머니가 사랑하는 마음으로 자식을 다독여주면 웬만히 아픈 것은 충분히 나을 수 있다는 뜻으로 쓰는 말.

＊ 어물전 망신은 꼴뚜기가 시키고, 과일전 망신은 모과가 시킨다

못난 사람의 말이나 행동으로 주변 사람들까지 함께 망신을 당하게 된다는 뜻.

＊ 언 볼에 곤장 치기

좋지 않은 처지를 더욱 악화시킨다는 말.
- 비슷한 속담 : '불난 집에 부채질'

＊ 얻어먹는 놈에게 밥상 차려 주니까 떠먹여 달란다

미운 사람에게 친절을 베푸니 더 미운 짓을 해서 어이가 없다는 뜻으로 하는 말.
- 비슷한 속담 : '동냥 주니 안방 빌려달란다'

＊ 얼굴 보고 사귄 사람은 얼굴이 미워지면 사랑도 변하게 된다

겉모습에 반해서 사랑을 하게 되면 그 사랑이 오래 가지 않는다는 말.

＊ 얼굴은 마음의 거울이라

사람의 속마음은 얼굴에 그대로 나타나기 쉽다는 뜻으로 쓰는
말.

■ 비슷한 속담 : '말은 속여도 얼굴은 못 속인다'

＊ 얼띤 노루 제 방귀에 놀란다

어수룩한 사람은 하찮은 일에도 겁을 먹고 두려워한다는 말.

＊ 얼음국 먹고 냉방에 누운 것 같다

도저히 견딜 수 없을 만큼 매우 춥다는 뜻으로 하는 말.

＊ 업은 아기 삼 년 찾는다

무엇인가를 곁에 두고도 계속 찾을 정도로 정신을 차리지 못한
다는 말.

■ 비슷한 속담 : '소 타고 소 찾는다'

＊ 없는 꼬리를 흔든다

남의 비위를 잘 맞추려고 무척 애를 쓴다는 말.

＊ 엎드려 절 받기

남들이 하고 싶지 않은 일을 억지로 하게 한다는 뜻으로 쓰는
말.

* **엎지러진 물은 다시 담을 수 없다**
  이미 저지른 일은 되돌릴 수 없다는 뜻으로 쓰는 말.
  ■ 비슷한 속담 : '시위 떠난 화살이다'

* **여름 가난은 드러나지 않고, 겨울 가난은 감추지 못한다**
  겨울 추위를 견디기 위해서는 돈이 들어야하니 가난이 드러나게 된다는 말.

* **여름벌레가 얼음 이야기 한다**
  결코 스스로 경험할 수 없는 것에 대해 이야기를 한다는 말이니, 터무니없이 거짓되다는 뜻.
  ■ 비슷한 속담 : '매미가 눈 이야기를 하는 격'

* **여름 불도 쬐다 물러나면 섭섭하다**
  별 대수롭지 않은 일도 하다가 그만두면 허전하다는 뜻으로 하는 말.

* **여름비는 잠 비, 가을비는 떡 비**
  바쁜 농사철인 여름에 비가 오면 잠을 자면서 쉬고, 추수한 후에 비가 오면 떡 해먹으면서 여유를 부린다는 말.

* **여름 생색에는 부채요, 겨울 생색에는 달력이라**
  모든 것이 귀하던 시절에는 여름에는 부채, 겨울에는 달력이 귀중한 선물이었다는 말.

✻ 여름에 수박 참외 먹고 얻은 속병이, 무 먹고 낫는다

여름에 먹은 차가운 과일로 나빠진 건강을 겨울의 무가 낫게 해준다는 말.

✻ 여름철에 벌레 세 말을 먹어야 겨울을 날 수 있다

여름철은 벌레들과 함께 사는 때라서, 이렇게 저렇게 벌레를 먹더라도 대수롭게 여기지 말라는 뜻.

✻ 여우는 하루 일곱 번 둔갑한다

제 모양이나 마음을 자주 바꾸는 사람을 두고 빗대는 말.

✻ 여우에게 홀렸다

간사하고 교활한 사람에게 빠져 정신을 못 차린다는 뜻으로 빗대는 말.

✻ 연자방아 돌리던 망아지는 밭에 가도 돌기만 하고 밭을 못 간다

어떤 일에 한 번 길이 들여지면 환경이 바뀌더라도 그 버릇을 버리지 못한다는 뜻.

✻ 열 길 물속은 알아도, 한 길 사람 속은 모른다

사람의 마음은 얕지만 도저히 알기가 어렵다는 뜻으로 쓰는 말.

■ 비슷한 속담 : '범을 그리되 뼈를 그리기가 어렵고, 사람을 사귀어

그 마음을 알아내기 어렵다', '사람을 안다는 것은
얼굴을 아는 것이지, 마음을 아는 것은 아니다'

* 열 번 찍어 안 넘어가는 나무 없다

아무리 어려운 일도 꾸준히 노력하면 이룰 수 있다는 뜻으로
하는 말.

- 비슷한 속담 : '가고 가면 못 갈 길이 없다', '오르고 오르면 못 오
를 산이 없다', '하자고 결심하면 못 해낼 일이 없다'
- 반대 속담 : '오르지 못할 나무는 쳐다보지도 말라'

* 열 손가락 깨물어 아프지 않는 손가락이 없다

아무리 자식이 많아도 부모는 모두 똑같이 소중하게 생각한다
는 말.

* 열이 한 술씩 모은 밥이 한 그릇 푼푼하다

여러 사람이 조금씩 힘을 보태면, 힘든 사람 한 명쯤은 손쉽게
도울 수 있다는 뜻으로 하는 말.

* 염소가 설사하기를 바란다

가망 없는 일에 기대를 건다는 뜻으로 비꼬는 말.

* 오는 방망이, 가는 홍두깨

누군가에게 미움을 받으면 더 큰 미움으로 되갚는다는 말.

- 반대 속담 : '가는 몽둥이에 오는 홍두깨'

* 오르지 못할 나무는 쳐다보지도 말라

자신의 능력으로 도저히 불가능한 일에는 처음부터 욕심을 부리지 말라는 뜻으로 하는 말.

- 반대 속담 : '가고 가면 못 갈 길이 없다', '열 번 찍어 안 넘어가는 나무 없다'

* 오른손이 하는 일을 왼손이 몰라야 한다

남을 도와주는 일은 다른 사람들이 모르게 해야 한다는 말.

* 오줌 싼 생쥐 키 쓰고 나선 꼴

차림이 도무지 어울리지 않는다는 뜻으로 하는 말.

* 옥에도 티가 있다

아무리 좋은 물건이나 훌륭한 사람이라도 한 가지 흠은 있기 마련이라는 뜻.

- 비슷한 속담 : '티 없는 옥이 있으랴'

* 옷은 화려한 것이 좋은 것이 아니라 깨끗한 것이 좋은 것이다

비싸고 좋은 옷보다, 깨끗하고 단정하게 입는 것에 더 신경을 써야 한다는 말.

* 왜가리 소리는 내일 아침이다

무척 시끄럽고 듣기 싫은 소리라는 뜻.

✽ 우기는 놈한테는 못 당한다

제 주장만 내세우는 사람하고는 차라리 상대하지 않는 것이 더 낫다는 말.

✽ 우는 가슴에 말뚝 박기

고통스러운 사람의 마음을 더 아프게 한다는 뜻으로 하는 말.

■ 반대 속담 : '상처는 핥아 주어야지, 긁는 법이 아니다'

✽ 우는 아이 떡 하나 더 준다

간절히 원하거나 힘든 처지에 있는 사람에게 더 베풀어 주는 것이 도리라는 뜻.

✽ 우렁이가 황새나 왜가리를 만난 듯

꼼짝없이 죽게 되었다는 뜻으로 하는 말.

✽ 우레처럼 만났다가 번개처럼 헤어진다

누군가를 잠깐 만났다가 바로 헤어진다는 말.

✽ 우물가에 와서 숭늉 찾는다

성격이 매우 급하다는 뜻으로 하는 말.

■ 비슷한 속담 : '두레박 놔두고 우물 들어 마신다'

✽ 우물 안 개구리 바다 넓은 줄 모른다

좁은 곳에만 살다보니 경험한 것이 적어서 넓은 세상의 일을 두루두루 모른다는 뜻.

■ 비슷한 속담 : '두꺼비 콩대에 올라가 세상이 넓다고 한다'

* 웃는 얼굴에 복이 온다

얼굴을 찌푸리면 좋지 않은 일이 생기기 쉽고, 웃으면 웃을 일이 생기기 쉽다는 뜻으로 쓰는 말.

* 웃는 얼굴에 침 못 뱉는다

좋은 얼굴로 대하는 사람에게 좋지 않은 반응을 할 수는 없다는 말.

* 원님 덕에 나팔 분다

남의 덕에 이익을 보게 되었다는 뜻으로 비유하는 말.

* 원수는 외나무다리에서 만난다

서로 싫어하고 꺼리는 사람들끼리 뜻하지 않게 피할 수 없는 곳에서 마주치게 된다는 뜻.

* 원수도 한 배에 타면 서로 돕게 된다

아무리 좋지 않은 사이라 하더라도 위기에 처하면 서로 돕게 된다는 뜻으로 하는 말.

* 원숭이도 나무에서 떨어질 때가 있다

어떤 일에 아무리 솜씨가 좋다고 하더라도 실수를 할 수가 있다는 뜻으로 이르는 말.

- 비슷한 속담 : '지네도 넘어질 때가 있다'

* 윗물이 맑아야 아랫물도 맑다

윗사람의 말이나 몸가짐이 바르면, 아랫사람은 그것을 따라하게 된다는 뜻으로 이르는 말.

* 은혜를 원수로 갚는다

자신에게 도움을 준 사람에게 오히려 해를 끼친다는 뜻으로 쓰는 말.

- 비슷한 속담 : '강 건네주니 보따리 채간다', '물에 빠진 놈 건져 주니까 내 보따리 내 놓으란다'
- 반대 속담 : '머리를 풀어 짚신을 삼는다'

* 음식 끝에 마음 상한다

먹는 것으로 차별을 받으면 마음이 언짢아지기 때문에 두루두루 나누어 먹으라는 뜻.

* 의심이 도적이라

의심을 하기 시작하면 다 부정적으로 보여 판단이 흐려진다는 말.

- 비슷한 속담 : '의심을 하면 울타리에 널린 치마가 허깨비의 옷으로 보인다'

* 이게 웬 떡이냐 한다

전혀 생각지도 못했던 좋은 일이 생겼다는 뜻.

- 비슷한 속담 : '호박이 덩굴째로 굴러 떨어진다'
- 반대 속담 : '마른하늘에 날벼락', '자다가 날벼락을 맞는다'

* 이 꽃 저 꽃 좋다 해도 목화꽃이 제일이라

목화는 꽃으로 보면 예쁘고 솜으로 쓸 수도 있으니 매우 유익하다는 뜻으로 쓰는 말.

* 이래도 흥 저래도 흥 한다

자신의 생각을 분명하게 내놓지 않고 이렇게 저렇게 휩쓸린다는 뜻.

* 이리저리 흔들다 오뚝

한동안 우왕좌왕하다가 비로소 중심을 잡는다는 말.

* 이마에 내천 자를 그린다

이마에 주름이 생길 정도로 잔뜩 인상을 찌푸린다는 뜻으로 쓰는 말.

* 이빨 빠진 호랑이

지위나 권력을 다 잃어버려 무능력하게 된 사람을 비유하는 말.

- 비슷한 속담 : '발톱 빠진 호랑이'
- 반대 속담 : '호랑이가 날개를 얻었다'

✻ 이 세상은 언제나 꽃동산이 아니다

세상 살다보면 늘 좋은 일만 있을 수 없다는 뜻.

✻ 이 세상이 나를 위하여 생겼거니 한다

남을 배려하지 않고 마음대로 행동하는, 무척 교만한 사람을 두고 빗대는 말.

✻ 이 없으면 잇몸으로 산다

아주 중요한 것이 없어지더라도 그런대로 버티고 살아갈 방법은 있다는 뜻으로 이르는 말.

■ 비슷한 속담 : '게는 엄지발이 없어도 산다'

✻ 인사하는 데 돈 든다드냐

인사만 잘 해도 사람관계에 큰 이익이 된다는 뜻.

✻ 일곱 번 넘어져도 여덟 번 일어난다

어떤 일에 실패를 해도 끈질기게 다시 시도한다는 뜻으로 하는 말.

✻ 일은 내 몫이 더 많아 보이고, 먹을 것은 남의 것이 커 보인다

누구나 일이 많은 것은 싫어하고, 먹는 것은 탐한다는 뜻으로 하는 말.

✽ 입 밖에 나온 말은 다시 삼킬 수 없다

말은 한 번 뱉고 나면 다시 되돌릴 수 없으니, 함부로 해서는 안 된다는 뜻으로 하는 말.

■ 비슷한 속담 : '좁은 입으로 한 말, 넓은 치맛자락으로 못 잡는다'

✽ 입에 맞는 떡이 없다

어떤 것이라도 자신의 마음에 꼭 들어맞는 것은 찾기 어렵다는 뜻으로 이르는 말.

✽ 입에서 입으로 세 번만 건너면 뱀한테도 발이 달린다

소문이 퍼지게 되면 처음의 사실과 아주 다른 이야기로 변해버린다는 뜻으로 비유하는 말.

✽ 입에 쓴 약이 몸에 좋다

쓴 약이 병을 고치는 것처럼, 듣기 싫은 말도 잘 새겨야 자신에게 도움이 될 수 있다는 뜻.

■ 비슷한 속담 : '달콤한 사탕은 몸을 해쳐도, 쓴 약은 병을 고친다', '쓴 것이 약'

✽ 입은 봤다 하고, 목구멍은 못 봤다 한다

먹은 양이 매우 적어서 도무지 먹은 것 같지도 않다는 뜻으로 쓰는 말.

■ 비슷한 속담 : '눈은 봤다 하고, 목구멍은 못 봤다 한다', '밥 먹은 놈하고 입 맞춘 폭도 안 된다'

* 입은 삐뚤어졌어도 말은 바로 해라

어떠한 경우라도 바른말을 하라는 뜻으로 이르는 말.

* 입은 작아야 하고, 귀는 커야 한다

자신의 말은 적게 하고, 남의 말은 되도록 많이 듣는 것이 좋다는 말.

■ 비슷한 속담 : '귀는 길어야 하고, 혀는 짧아야 한다'

* 입이 귀 밑까지 찢어진다

좋아서 어쩔 줄 모르는 모습을 두고 하는 말.

* 입이 석 자나 빠져있다

무슨 일이 마음에 들지 않아 잔뜩 골이 나 있다는 뜻으로 이르는 말.

* 입이 열 개라도 할 말이 없다

자기 잘못이 분명하기 때문에 어떤 변명도 할 수 없다는 뜻.

* 있노라고 자랑을 말고, 없노라고 기죽지 마라

재물이 많을수록 겸손해야 하고, 재물이 없어도 주눅 들지 말고 당당하라는 말.

✻ 자기가 자기를 업신여기면, 남들도 따라서 업신여긴다
　누구보다도 자신을 먼저 사랑해야한다는 뜻으로, 자신감을 가지고 당당하면 남들도 함부로 대하지 않는다는 말.

✻ 자다가 날벼락 맞는다
　갑자기 큰 화를 당했다는 뜻으로 쓰는 말.
- 비슷한 속담 : '마른하늘에 날벼락'
- 반대 속담 : '이게 웬 떡이냐', '호박이 덩굴째로 굴러 떨어진다'

✻ 자다가 봉창 두드리는 소리한다
　어떤 상황과 전혀 관계 없는 소리를 한다는 뜻으로 이르는 말.

✻ 자라목 오므라들 듯 한다
　어떤 힘에 눌려 기가 죽고, 잔뜩 위축된 모습을 두고 하는 말.

✻ 자라보고 놀란 가슴 솥뚜껑 보고 놀란다
　어떤 일에 놀라게 되면 그것과 비슷한 것에도 놀란다는 뜻.

✻ 자랑하면 자랑단지가 깨진다
　남에게 자랑하기를 좋아하면 끝내는 모든 자랑이 가치 없게 된다는 뜻으로 하는 말.

✻ 자루 빠진 도끼
　어떤 것의 가장 중요한 부분이 망가져 쓸모가 없게 되었다는 말.

* 자벌레가 몸을 구부리는 것은 장차 펴기 위한 것이다
큰일을 할 사람은 잠시 몸을 낮추고 조용히 때를 기다린다는 뜻으로 하는 말.

 ■ 비슷한 속담 : '개구리 움츠리는 것은 멀리 뛰자는 속셈', '움츠린 개구리가 멀리 뛴다'

* 자식은 가정의 거울이다
자식의 말과 행동에서 그 집안의 모든 것들이 다 들어난다는 뜻.

* 자식 입에 밥 들어가는 것만 봐도 배부른 게 부모 마음이라
부모는 오로지 자식이 잘 먹고 잘 자라는 것만을 바란다는 뜻으로 쓰는 말.

* 자식 있는 사람치고 안 운 사람 없다
부모는 자식을 키우면서 이런저런 일로 눈물을 흘리게 된다는 뜻으로 이르는 말.

* 작은 고추가 더 맵다
몸집이 작은 사람이 큰 사람보다 더 야무지고 재주가 있다는 말.

 ■ 비슷한 속담 : '저울추는 작아도 천 근을 단다'

＊ 작은 틈만 있어도 배는 가라앉는다

하찮게 생각되는 흠으로 큰일이 생길 수 있다는 말.

■ 비슷한 속담 : '개미구멍 하나가 큰 제방 둑을 무너뜨린다', '제방은 하찮은 쥐구멍으로부터 무너진다'

＊ 잔 잡은 팔은 안으로 굽는다

누구나 자기와 더 가까운 사람 쪽으로 마음이 기울어진다는 뜻으로 하는 말.

＊ 잘못을 고치지 않는 것도 잘못이다

자신의 단점을 알면 바르게 고치는 것이 최선이라는 뜻.

＊ 잘 짖는 개가 사냥은 못 한다

겉으로 내세우기 좋아하는 사람은 실천력이 부족하다는 뜻으로 이르는 말.

＊ 잠은 잘수록 늘고, 울음은 울수록 서러워진다

게으른 습관을 들이지 않도록 하고, 서러움을 억제할 수 있는 마음 단련을 해야 한다는 뜻으로 하는 말.

＊ 장난삼아 던진 돌에 개구리는 죽는다

장난으로 한 말이나 행동이 다른 사람에게 고통과 상처를 줄 수 있다는 뜻으로 쓰는 말.

＊ 장마 도깨비 여울 건너가는 소리

도무지 알아듣지 못할 소리로 중얼거리거나 이치에 맞지 않는 말을 한다는 뜻으로 비꼬아 하는 말.

- 비슷한 속담 : '귀신 씻나락 까먹는 소리', '더운밥 먹고 식은 말 한다', '된밥 먹고 선소리한다', '새 뒤집어 날아가는 소리 한다'

＊ 장마철의 여우별

어떤 것이 잠깐 나타났다가 사라진다는 뜻으로 쓰는 말.

＊ 장마 토끼 날씨 개기 기다리듯 한다

무엇인가를 간절하게 바란다는 뜻으로 비유하는 말.

- 비슷한 속담 : '가뭄에 비 바라듯 한다'

＊ 재수 없는 강아지는 낮잠을 자도 호랑이가 꿈에 뵌다

운수가 좋지 않으면 별 일이 다 생긴다는 뜻으로 쓰는 말.

＊ 재주는 곰이 넘고 돈은 주인이 가진다

애를 쓴 사람은 따로 있는데, 엉뚱한 사람이 이익을 차지한다는 뜻으로 하는 말.

- 비슷한 속담 : '죽 쒀 남 준다'

＊ 저녁 때 하루살이가 날면 비바람이 온다

하루살이의 행동으로 날씨를 짐작할 수 있다는 말.

* 저녁에 불장난하면 밤에 오줌 싼다

불장난을 하지 말라는 뜻으로 이르는 말.

* 저 먹기는 싫고 남 주기는 아깝다

자기가 아무리 싫어하는 것도 남 주기는 싫은 것이 사람의 마음이라는 말.

- 비슷한 속담 : '감기 고뿔도 남 준다면 섭섭하다', '사람의 심보는 버릴 것은 있어도, 남 줄 것은 없다'

* 저 하고 싶어서 하는 일은 힘든 줄 모른다

아무리 힘든 일도 자기가 하고 싶어서 하면, 힘든 줄을 모른다는 뜻.

* 적을 얕보면 반드시 패한다

남과 경쟁할 때는 아무리 자신보다 못한 상대라도 낮추어 깔보지 말라는 뜻.

* 적의 눈과 귀는 멀게 하고, 내 눈과 귀는 밝아야 한다

이기려면 상대는 혼란에 빠뜨려야 하고, 자신은 어떠한 경우에도 판단력을 흐리게 해서는 안 된다는 뜻.

* 젓가락으로 죽 먹는다

될 수도 없는 일을 한다거나, 쉬운 일도 어렵게 하려는 사람을 두고 비꼬는 말.

* **정들자 이별**
  만나서 서로 정이 들자마자 헤어지게 되었다는 말.

* **정신은 빼서 꽁무니에 차고 다니나**
  정신을 못 차리고 자꾸 실수하는 사람을 두고 하는 말.

* **정은 꾸지람에서 든다**
  상대방의 잘못을 꾸짖고 싸우다보면 더 깊은 정이 들 수 있다는 뜻으로 하는 말.

* **정직은 일생의 보배**
  정직하게 사는 것이 결국은 최선이라는 뜻으로 이르는 말.

* **젖 먹은 힘까지 다 낸다**
  어떤 일을 하는데 온갖 정성과 모든 힘을 쏟는다는 뜻으로 쓰는 말.

* **제가 싼 똥에 제가 먼저 주저앉는다**
  자기가 해 놓은 좋지 못한 일에 자기가 먼저 피해를 본다는 뜻으로 하는 말.

* **제가 좋아야 남이 좋다**
  내가 싫은 것은 남들도 싫어하고, 내가 좋아하는 것이라야 남들도 좋아한다는 뜻.

* 제게서 나온 말이 다시 제게 돌아온다

남의 흉을 보거나 욕을 하면, 그것이 다시 자기에게 돌아오게
되어 있다는 뜻으로 쓰는 말.

* 제 귀염 제 등에 지고 다닌다

귀여움을 받고 못 받는 것은, 모두 스스로의 말이나 행동에 달
려 있다는 뜻으로 하는 말.

* 제 그림자는 제가 못 밟는다

아무리 자기 것이라도 마음대로 할 수 없는 것이 있다는 뜻으
로 하는 말.

* 제 꾀에 제가 넘어간다

남을 속이려고 한 것에 오히려 자기가 당한다는 뜻.

* 제 눈의 안경

무엇이든지 제 생각대로 보이기 마련이라는 뜻.

* 제 못할 일을 남에게 하라고 하지 말라

자기가 하기 싫은 일은 당연히 남들도 하기 싫은 일이라는 뜻
으로 이르는 말.

■ 비슷한 속담 : '나 싫은 것은 남도 싫어한다', '제가 좋아야 남이 좋다'

* 제 발등을 제가 찍는다
제 스스로 화를 불러들여 해를 입는다는 뜻으로 이르는 말.
■ 비슷한 속담 : '제 살 깎아 먹기', '타고 앉은 가지에 톱질을 한다'

* 제비와 기러기는 못 만나도, 사람과 사람은 만난다
사람은 언제 어디서든지 다시 만날 수 있으니 좋은 관계로 지내라는 뜻.

* 제 새끼 잡아먹는 호랑이 없다
아무리 사나운 짐승이라도 자기 새끼는 해치지 않듯이, 자식 잘 못 되기를 바라는 부모는 없다는 말.

* 제 얼굴 못난 줄 모르고 거울 깬다
일이 어긋나면 자기 잘못은 모르고 남 탓만 한다는 뜻으로 비유하는 말.

* 제 얼굴에 분 바르고, 남의 얼굴에 똥칠 한다
잘못된 일은 남이 한 것처럼 꾸며대고, 잘 된 일은 모두 자기가 한 것처럼 말하는 경우를 두고 하는 말.

* 제 흉은 묻어놓고 남의 흉 본다
자기 잘못은 숨기고, 남의 잘못만 비난한다는 말.

■ 비슷한 속담 : '가랑잎이 솔잎더러 와삭거린다 한다', '겨울바람이 봄바람 보고 춥다 한다', '남의 눈 속에 있는 티끌은 보면서, 자기 눈 속의 대들보는 보지 못한다'

* 좁쌀만큼 게을렀다 돌멩이만큼 움직인다
아주 조금 게으름을 부려도, 할 일이 많이 밀리게 된다는 뜻.

* 좁은 입으로 한 말, 넓은 치맛자락으로 못 잡는다
말은 잘못 내뱉으면 다시 거두어들일 수 없다는 뜻으로 이르는 말.
■ 비슷한 속담 : '입 밖에 나온 말은 다시 삼킬 수 없다'

* 좁은 집에는 살아도, 마음 좁은 사람과는 못 산다
좁은 집에 사는 것은 큰 문제가 되지 않지만, 마음을 좁게 쓰는 사람과는 함께 살아가기가 무척 힘들다는 뜻.

* 종로에서 빰 맞고, 한강에서 화풀이 한다
다른 사람에게 화를 당하고 괜히 엉뚱한 사람에게 화풀이를 한다는 뜻으로 빗대는 말.

* 좋아하면서도 그 나쁜 점은 알아야 하며, 미워하면서도 그 좋은 점은 알아야 한다
좋아하는 사람이든 싫어하는 사람이든 그 사람의 장점과 단점은 올바르게 판단해야 한다는 말.

* 좋은 거짓말에는 나라님이 상을 내린다

거짓말 중에도 좋은 거짓말은 다른 사람들에게 이익을 줄 수 있다는 뜻으로 이르는 말.

* 좋은 말도 자꾸 들으면 귀에 딱지가 앉는다

아무리 좋은 이야기도 계속 들으면 싫증이 나기 마련이라는 뜻.
- 비슷한 속담 : '듣기 좋은 꽃노래도 한 번 두 번'

* 좋은 물건도 주인을 잘못 만나면 고생한다

아무리 좋은 물건이라도 주인이 아끼지 않으면 보잘것없는 것이 된다는 말.

* 죄는 도깨비가 짓고, 벼락은 고목이 맞는다

죄는 다른 사람이 지었는데, 벌은 엉뚱한 사람이 받는다는 말.
- 비슷한 속담 : '겨 먹은 개는 안 들키고 똥 먹은 개만 들킨다', '똥 눈 놈은 도망가고, 방귀 뀐 놈은 붙들린다'

* 죄는 미워도 사람은 미워하지 말라

지은 죄는 좋지 않지만, 사람을 함부로 취급해서는 안 된다는 뜻.

* 죄악을 심고 덕의 열매를 따먹을 수 없다

죄를 짓고 복을 받을 수는 없다는 뜻으로 비유하는 말.
- 비슷한 속담 : '심은 대로 거둔다', '콩 심은 데 콩 나고, 팥 심은 데 팥 난다'

＊ 죄 지은 놈 옆에 방귀도 못 뀐다

죄를 지은 사람은 아주 작은 소리에도 놀라고 불안해 한다는
뜻으로 하는 말.

■ 비슷한 속담 : '도둑이 제 발소리에 놀란다', '도둑이 제 발 저린
다'

＊ 주머니에 구멍이 뚫렸다

돈을 무척 헤프게 쓴다는 뜻으로 쓰는 말.

＊ 주사위는 던져졌다

어떤 일이 시작되어 되돌릴 수 없는 처지가 되었다는 뜻으로
이르는 말.

■ 비슷한 속담 : '당겨놓은 화살을 놓을 수 없다'

＊ 주었다가 도로 뺏으면 이마에서 솔 난다

일단 남에게 준 것은 어떤 경우에도 다시 빼앗지 말라는 뜻으
로 이르는 말.

＊ 주인 기다리는 개 면 산 쳐다보듯 한다

멍하니 뭔가를 바라보고 있는 모습을 두고 하는 말.

＊ 죽 쒀 남 준다

자기가 노력해서 얻은 결과가 남에게만 좋은 일이 되었다는 뜻
으로 빗대는 말.

■ 비슷한 속담 : '재주는 곰이 넘고 돈은 주인이 가진다'

* 죽은 사람 소원도 들어준다

죽은 사람의 소원도 들어주는데, 하물며 산 사람 소원을 못 들어주겠느냐는 뜻으로 하는 말.

* 죽이 끓는지 밥이 끓는지 모른다

어떤 일이 어떻게 되어 가는지 전혀 알지 못한다는 뜻으로 하는 말.

■ 반대 속담 : '어느 집에 죽이 끓는지 밥이 끓는 지 다 안다'

* 쥐가 고양이 양식 걱정한다

주제도 모르고 자기보다 훨씬 강한 자를 동정한다는 말.

* 쥐가 하룻밤에 소금 한 섬을 나른다

작은 힘이라도 꾸준히 하면 큰 성과를 거둘 수 있다는 뜻으로 이르는 말.

* 쥐구멍에도 볕들 날 있다

아무리 어려운 처지에 있어도 참고 견디면 좋은 날이 온다는 뜻.

■ 비슷한 속담 : '고랑도 이랑 될 날 있다'

* 쥐구멍에 소 몰아 넣는다

도저히 불가능한 일을 하고 있다는 뜻으로 하는 말.

■ 비슷한 속담 : '낙타가 바늘구멍 찾는 격', '막대기로 하늘을 잰다', '보자기로 구름 잡으려한다'

* 쥐구멍이라도 있으면 숨고 싶다
매우 부끄러워 얼굴조차 들 수 없는 처지라는 말.

* 쥐 뜯어먹은 것 같다
어떤 것의 모양새가 보기 흉하다는 뜻으로 비유하는 말.

* 쥐 새기 한 마리도 얼씬 못한다
어떤 작은 것조차 접근하지 못할 정도로 경계가 심하다는 뜻으로 하는 말.

* 쥐 잡는 고양이 걸음
다른 사람을 방해하거나 들키지 않으려고 무척 조심스럽게 걷는 모양을 두고 하는 말.

* 지금 먹기엔 곶감이 달다
앞일을 생각하지 않고 당장 좋은 것만 탐한다는 뜻.

* 지나가는 똥개도 다 안다
누구나 다 알고 있는 일이라는 뜻으로 하는 말.
■ 비슷한 속담 : '삼척동자라도 안다'

* 지나침은 모자람보다 못하다

정도에 넘치는 것보다 차라리 모자라는 것이 더 낫다는 뜻으로
하는 말.

* 지렁이가 마른 땅에 뒹굴면 비 온다

지렁이가 움직이는 모습을 보고도 날씨를 미리 알 수 있다는
뜻으로 쓰는 말.

* 지렁이도 밟으면 꿈틀한다

아무리 힘이 약한 사람이라도 남에게 피해를 입으면 화를 내거
나 대들기 마련이라는 말.

- 비슷한 속담 : '버마재비도 성 나면 앞발로 수레를 막는다'

* 지성이면 감천이라

정성이 지극하면 하늘도 감동하게 된다는 뜻.

- 비슷한 속담 : '성심을 다한 사람의 힘은 하늘도 움직인다'

* 지푸라기라도 붙잡아야 할 형편

궁지에 몰려 아주 하찮은 것에라도 의지할 수밖에 없다는 말.

- 비슷한 속담 : '당장 떨어지는 벼락 밑에서 가랑잎이라도 뒤집어 써
야 할 형편이다', '물에 빠지면 지푸라기라도 잡는다'

* 진정한 벗은 어려운 때 안다

처지가 좋을 때 함께 하는 친구보다 힘들 때 곁에서 도와주는

것이 참다운 우정이라는 말.

* 짐승도 제 새끼 둔 곳을 두남둔다
'두남두다'는 애착을 갖고 돌본다는 뜻으로, 사람이나 짐승이나 제 새끼에게는 애정을 쏟는다는 말.

* 집 안 도둑이 더 무섭다
남들이 훔쳐가는 것보다 가족들이 헤프게 쓰는 돈 때문에 재산이 더 줄어든다는 뜻.

* 집 잃은 달팽이 꼴
의지할 곳이 없어져 무척 외로운 신세가 되었다는 말.

* 짖지 못하는 개, 울지 못하는 닭
전혀 쓸모가 없다는 뜻으로 하는 말.

* 짚신도 짝이 있다
보잘것없는 짚신도 짝이 있듯이, 사람이면 누구나 짝을 만나게 된다는 뜻으로 하는 말.
　　■ 비슷한 속담 : '고리짝도 짝이 있고, 헌신짝도 짝이 있고, 맷돌짝도 짝이 있다'

* 짚신장이가 헌신 신는다
어떤 것을 만들어 파는 사람은 오히려 자기 생산물이 아까워 잘 쓰지 못한다는 뜻.

- ■ 비슷한 속담 : '갓장이 헌 갓 쓰고, 대장장이 부러진 칼 쓴다', '옹
기장수는 깨진 그릇만 쓴다'

* **짹하면 참새 소린 줄 알고, 철떡하면 파도 소리인줄 안다**
한 부분을 통해 무슨 일인지 단번에 알아차린다는 뜻으로 하는
말.

- ■ 비슷한 속담 : '척 하면 삼천 리고, 툭 하면 담너머 호박 떨어지는
소리라'

大 - Ⅱ

＊ 찬물도 쉬어가면서 마셔라
아무리 쉬운 일에도 신중함을 잃지 않아야 한다는 말.

＊ 찬물에도 위 아래가 있다
어떤 일을 하더라도 어른과 아이들을 구별하는 질서가 있어야
된다는 뜻으로 쓰는 말.

＊ 찬밥 더운밥 가리지 않는다
이것저것 가릴 형편이 아니니, 무엇이든 상관없다는 뜻.

＊ 찬밥 신세가 되었다
어떤 일이나 무리에서 소외되어 외로운 처지가 되었다는 뜻.

＊ 참깨방정 들깨방정 다 떤다
아주 호들갑스러운 말이나 행동으로 온갖 방정을 다 떠는 사람
을 두고 핀잔하는 말.
- 비슷한 속담 : '초라니 방정 떨듯 한다'

＊ 참는 게 약
화가 나는 순간을 잘 참으면 오히려 자신에게 더 이익이 된다
는 뜻으로 쓰는 말.
- 비슷한 속담 : '세 번만 참으면 살인도 면한다'

* 참말은 할수록 줄고, 거짓말을 할수록 는다

정직한 말은 더 이상 변명이 필요 없지만, 거짓말은 숨기기 위해 계속 거짓말을 해야 한다는 뜻.

* 참새가 방앗간을 그냥 안 지나간다

누구나 자기에게 이익이 되거나 좋아하는 것을 그냥 두고 못 배긴다는 뜻으로 쓰는 말.

* 척 하면 삼천 리고, 툭 하면 담너머 호박 떨어지는 소리라

눈치가 아주 빨라 어떤 조짐만으로 말의 뜻이나 일의 결과를 알아차린다는 말.

■ 비슷한 속담 : '쩍 하면 참새 소린 줄 알고, 철퍽하면 파도 소리인
줄 안다'

* 천 가지 죄 중에서 불효 죄가 가장 크다

이 세상 모든 죄 중에서 부모님께 효도하지 않는 죄가 가장 크다는 뜻으로 하는 말.

* 천 날 먹고, 만 날 땡그렁

일은 하지 않고, 먹고 놀기만 하는 사람을 두고 빗대는 말.

* 천 리 길도 한 걸음부터

어떤 큰일이라도 작은 것으로부터 시작하기 마련이라는 말.

✳ 천만의 말씀, 만만의 콩떡

도무지 이치에 맞지 않는 말이라는 뜻으로 쓰는 말.

✳ 천석꾼은 천 가지 걱정이 있고, 만석꾼은 만 가지 걱정이 있다

재물이 많을수록 그것을 지키기 위한 걱정으로 마음고생을 더 심하게 한다는 말.

✳ 천지를 모르고 어깨춤이라

어떤 상황인지 분별도 못하고 좋아 날뛴다는 뜻으로 이르는 말.

✳ 천하장사라도 제 눈꺼풀은 들어올릴 수 없다

누구라도 쏟아지는 졸음을 이겨내기가 힘들다는 말.

✳ 청개구리가 울면 비가 온다

청개구리 울음소리로 며칠간의 날씨를 미리 짐작할 수가 있다는 뜻.

✳ 초록은 동색이고 가재는 게 편이다

서로 비슷한 것은 끼리끼리 어울리고, 같은 편이 된다는 뜻.

■ 비슷한 속담 : '가재는 게 편이고, 팔은 안으로 굽는다'

* 추위 타서 난 병은 약이 있어도, 더위 타서 난 병은 약도 없다

추워서 걸린 병보다 더위로 인한 병의 치료가 더 힘들다는 말.

* 친구 따라 강남 간다

자기 생각대로 하지 못하고 남이 하는 대로 따라한다는 뜻으로 하는 말.

- 비슷한 속담 : '거름지고 장에 간다', '남이 쌀자루 지고 장에 간다 니까, 나는 똥거름 진 채 따라 나선다', '망둥이가 뛰 니까 꼴뚜기도 뛴다'

* 침도 바람 보고 뱉으랬다

자신이 한 짓에 스스로 해를 입는 경우가 있으니 신중하게 생각하고 행동하라는 말.

* 침 발린 말

상대방이 듣기 좋게 꾸며서 하는 말이라는 뜻.

* 칭찬만 하는 이는 적이요, 잘못을 가르쳐 주는 이는 스승 이라

듣기 좋은 말만 하는 사람보다는 좋은 충고를 해주는 사람이 진심으로 자신을 위해주는 사람이라는 말.

＊ 코가 석자나 빠졌다

걱정거리가 생겨 잔뜩 주눅이 들어 있다는 뜻으로 하는 말.

＊ 코 꿰운 송아지

남에게 약점이 잡혀 하라는 대로 할 수밖에 없는 처지를 두고 하는 말.

＊ 코대답도 않는다

남의 말에 전혀 대꾸를 안 한다는 뜻으로 쓰는 말.

＊ 코딱지 두면 살이 되랴

도움이 되지 않고 불편한 것을 오래 가지고 있지 말라는 뜻.

＊ 코를 베어가도 모르겠다

잠이 아주 깊이 들었거나, 어떤 일에 매우 집중하고 있어 누가 무슨 짓을 해도 알지 못한다는 뜻으로 하는 말.

■ 비슷한 속담 : '턱 떨어지는 줄 모른다'

＊ 콧구멍이 둘이니 숨을 쉬지

몹시 답답한 마음이라는 뜻이거나 어떤 심한 일을 당해서 기가 막힌다는 뜻.

＊ 콧등에 파리가 앉아도 혓바닥으로 쫓는다

아주 게을러서 꼼짝하기를 싫어하는 사람을 두고 이르는 말.

✳ 콧방귀도 뀌지 않는다
남의 말에 전혀 반응이 없다는 뜻으로 하는 말.
- ■ 비슷한 속담 : '눈도 깜짝 안 한다'

✳ 콩 가르듯 한다
무엇인가를 정확하게 나눈다는 뜻으로 이르는 말.

✳ 콩 반쪽에 정 붙는다
아주 작은 것이라도 서로 나누면 정이 생긴다는 말.

✳ 콩 심은 데 콩 나고, 팥 심은 데 팥 난다
무슨 일이든지 스스로 노력한 만큼 거둘 수 있다는 뜻으로 쓰는 말.
- ■ 비슷한 속담 : '심은 대로 거둔다', '죄악을 심고 덕의 열매를 따먹을 수 없다'

✳ 콩으로 메주를 쑨다고 해도 못 믿는다
평소에 거짓말을 많이 하는 사람이 아무리 옳은 말을 한다 하더라도 믿기 어렵다는 뜻.
- ■ 반대 속담 : '접시 위에 나룻배를 띄웠다고 해도 믿겠다', '콩을 팥이라 해도 믿는다', '태산같이 믿는다'

✳ 콩을 팥이라 해도 믿는다
무슨 말을 해도 의심하지 않고 다 믿는다는 말.

■ 비슷한 속담 : '접시 위에 나룻배를 띄웠다고 해도 믿겠다', '태산
　　　　　　　같이 믿는다'
■ 반대 속담 : '콩으로 메주를 쑨다고 해도 못 믿는다'

* 콩 튀듯 한다
　매우 화가 나서 참지 못하고 팔딱팔딱 뛴다는 뜻으로 비유하는
말.

* 콩 한 쪽도 나눠 먹는다
　아주 작은 것일지라도 나누면서 살아가는 것이 사람의 도리라
는 뜻으로 쓰는 말.

* 키가 크나 작으나 하늘 안 닿기는 마찬가지다
　아주 대단한 것에 비하면 누구나 다 비슷하다는 뜻으로 쓰는
말.

* 타고난 재주 사람마다 하나씩은 다 있다

아무리 능력이 없는 것 같아도, 찾아보면 잘 하는 게 있다는 말.

- 비슷한 속담 : '곰도 뒹굴 재주는 있다', '굼벵이도 구르는 재주가 있다'

* 타고 앉은 가지에 톱질을 한다

제 스스로 불행한 처지를 만든다는 뜻으로 쓰는 말.

- 비슷한 속담 : '제 발등을 제가 찍는다', '제 살 깎아 먹기'

* 태산 같이 믿는다

아주 조금도 의심하지 않고 꼭 믿는다는 뜻으로 하는 말.

- 비슷한 속담 : '접시 위에 나룻배를 띄웠다고 해도 믿겠다', '콩을 팥이라 해도 믿는다'
- 반대 속담 : '콩으로 메주를 쑨다고 해도 못 믿는다'

* 태풍이 치려면 배의 쥐 다 내린다

기압 변화에 예민한 쥐의 행동으로 날씨를 예견할 수 있다는 말.

* 턱 떨어지는 줄 모른다

어떤 일에 매우 집중하고 있어 큰일이 닥치는 것도 모른다는 뜻.

- 비슷한 속담 : '코를 베어가도 모르겠다'

* 토끼를 바다에서 잡고, 물고기를 산에서 구한다

분별력이 없어 사리에 맞지 않는 행동을 한다는 뜻으로 하는 말.

■ 비슷한 속담 : '물고기를 하늘에서 잡는다'

✱ 토끼잠 자듯 한다
깊이 잠들지 못하고 쉽게 깨곤 한다는 뜻으로 쓰는 말.

✱ 티끌 모아 태산
아주 적은 것일지라도 꾸준히 모으면 아주 큰 성과를 이루게 되는다는 뜻으로 하는 말.

＊ 파리는 냄새를 맡아 날고, 사람은 먹을 것이 있어야 모여든다

   누구라도 이익이 있는 곳으로 모이기 마련이라는 뜻으로 쓰는 말.

＊ 파리 앞발 비비듯 한다

   잘못을 용서받기 위해 손을 싹싹 비는 모습을 두고 하는 말.

  ■ 비슷한 속담 : '손이 발이 되도록 빈다'

＊ 팔이 아무리 잘났어도 팔굽에서 굽혀진다

   아무리 잘난 사람도 굽히고 들어가야 할 상대나 때가 있다는 뜻.

  ■ 비슷한 속담 : '구부릴 때 구부리고, 펼 때는 펴야 한다'

＊ 풍년거지 쪽박 깨뜨린다

   풍년에 일손도 부족한데 거지 노릇이나 하고 있으니 화풀이 대상이 된다는 뜻.

＊ 풍년 곡식은 모자라고, 흉년 곡식은 남아돈다

   풍년이라고 실컷 먹다보면 모자라고, 흉년이라도 아끼고 아끼면 곡식이 남게 된다는 뜻으로 하는 말.

＊ 풍년에는 소에게 콩도 주지만, 흉년에는 사람이 풀을 먹는다

   먹을 것이 풍부할 때는 누구나 좋은 음식을 먹게 되지만, 그렇

지 않을 경우 사람마저도 좋지 않은 먹을거리로 살 수밖에 없다
는 뜻.

✱ 피는 물보다 진하다
남과 아무리 친하다 해도, 가족이나 친척에 대한 애정이 더 강
할 수밖에 없다는 말.

✱ 핑계 없는 무덤 없다
무슨 일이든지 핑계는 만들 수 있다는 뜻으로 하는 말.

＊ 하나는 알고 둘은 모른다

생각이 몹시 좁아 세상일을 두루두루 알지 못하는 사람을 두고 하는 말.

＊ 하나를 가르치면 열을 안다

똑똑한 사람은 조금만 배워도 스스로 깨우쳐 많은 것을 알게 된다는 뜻으로 쓰는 말.

■ 반대 속담 : '쇠귀에 경 읽기'

＊ 하늘과 땅 차이

서로 간에 아주 큰 차이가 난다는 뜻으로 쓰는 말.

■ 반대 속담 : '도토리 키 재기'

＊ 하늘 높은 줄만 알고, 땅 넓은 줄은 모른다

키만 크고 몸에 살이 없어 호리호리한 사람을 두고 빗대는 말.

＊ 하늘로 솟았나, 땅으로 꺼졌나

어떤 것이 아무도 모르게 갑자기 사라졌다는 뜻으로 쓰는 말.

■ 반대 속담 : '땅에서 솟았나, 하늘에서 떨어졌나'

＊ 하늘 무서운 말

도리를 모르고 말하면 천벌을 받을 수 있다는 뜻으로 하는 말.

＊ 하늘 보고 침 뱉는다

자신이 스스로에게 모욕 주는 짓을 한다는 말.

■ 비슷한 속담 : '하늘에 돌 던지는 격'

＊ 하늘 아래 이름 없는 풀이 없다

아무리 하찮은 풀이라도 다 제 이름이 있다는 말.

＊ 하늘 아래 첫 동네

매우 높은 지대에 있는 동네라는 뜻으로 쓰는 말.

＊ 하늘에 별 따기

무척 어려운 일이라서 도저히 이루기 어렵다는 뜻으로 하는 말.

■ 반대 속담 : '누워서 떡 먹기', '땅 짚고 헤엄치기', '상 밑에서 숟가락 줍기', '손바닥 뒤집기', '식은 죽 먹기'

＊ 하늘은 스스로 돕는 자를 돕는다

열심히 노력하는 사람은 하늘도 도와준다는 뜻으로 하는 말.

＊ 하늘의 별도 따겠다

재주가 매우 좋아 못 하는 일이 없는 사람이라는 뜻으로 이르는 말.

＊ 하늘이 무너져도 솟아날 구멍은 있다

아무리 큰일이 생겨도 해결할 방법은 있다는 뜻으로 쓰는 말.

■ 비슷한 속담 : '호랑이에게 물려가도 정신만 차리면 산다'

* 하늘이 무너질까 걱정한다
마음이 좁아 쓸 데 없는 걱정을 한다는 뜻으로 비꼬는 말.

* 하늘이 알고 땅이 알고, 네가 알고 내가 안다
바뀔 수 없는 분명한 사실이라는 뜻이거나 세상에는 비밀이 없다는 뜻으로 하는 말.

* 하루가 천 년 같다
하루하루를 무척 지루하게 보낸다는 말이거나, 어떤 일을 기다리는 시간이 너무 길게 느껴진다는 뜻.

* 하루 굶는 것은 몰라도 헐벗은 것은 안다
밥 굶는 것은 남이 쉽게 알지 못하지만, 옷차림으로 어려운 형편을 짐작할 수 있다는 말.

* 하룻강아지 범 무서운 줄 모른다
세상이 돌아가는 이치를 모르면, 겁 없이 행동을 한다는 뜻으로 쓰는 말.

* 학은 거북 나이를 부러워한다
장수하는 학도 거북의 나이를 부러워한다는 뜻으로, 아무리 유능한 사람도 저 보다 더 유능한 사람을 부러워한다는 말.

* 한 귀 건너 두 귀

소문이 점점 퍼져 나간다는 뜻으로 쓰는 말.

- 비슷한 속담 : '말은 한 사람의 입에서 나오지만 천 사람의 귀로 들어간다', '발 없는 말이 천리 간다'

* 한 귀로 듣고 한 귀로 흘린다

남의 말을 귀담아 듣지 않는다는 뜻으로 쓰는 말.

* 한 번 골 내면 한 번 늙고, 한 번 웃으면 한 번 젊어진다

많이 웃는 것만으로도 건강하게 살 수 있다는 말.

* 한 번 보면 초면이요, 두 번 보면 구면이다

사람들과 매우 쉽게 친해진다는 뜻으로 하는 말.

* 한 번 속지 두 번 안 속는다

같은 실수를 다시 하지 않는다는 뜻으로 하는 말.

- 비슷한 속담 : '개도 물린 자리를 두 번 물리지 않는다'

* 한 사람 가는 길로 가지 말고, 열 사람 가는 길로 가라

어떤 일을 하더라도 여러 사람이 주장하는 대로 따르는 것이 좋다는 뜻으로 이르는 말.

* 한숨을 쉬면 삼십 리 안 걱정이 들어온다

한숨 쉬는 습관은 좋지 않으니 걱정이 있더라도 의연하라는 뜻으로 하는 말.

* 한 알 심어 만 알 얻는다
아주 하찮은 것을 투자하여 매우 큰 이익이 생겼다는 말.

* 한 여름 소나기 지나가듯 한다
대단하게 여겨지던 어떤 것의 기세가 금방 꺾인다는 뜻으로 하는 말.

* 한 입으로 두 말 한다
자신이 한 말을 쉽게 바꾸는 사람을 두고 하는 말.

* 해가 서쪽에서 뜨겠다
전혀 기대를 하지 않았던 일이나 행동을 하는 사람을 두고 비꼬는 말.

* 헌 신짝 버리듯 한다
쓸모가 없게 된 것이라고 매우 냉정하게 버린다는 뜻으로 빗대는 말.
- 비슷한 속담 : '강 건너간 놈 지팡이 팽개치듯 한다'

* 혀가 부지런하면 손발이 느리다
말이 앞서는 사람은 실천력이 없다는 뜻.

* 혀 밑에 도끼 들었다

　말로 사람에게 큰 상처를 줄 수 있으니, 늘 말조심해야 한다는
뜻으로 하는 말.

> ■ 비슷한 속담 : '말로 해치는 것이 칼로 해치는 것보다 무섭다', '무
> 서워도 무서워도 세 치 혀끝으로 옮는 재앙이 제일
> 무섭다', '사람의 혀는 뼈가 없어도 사람의 뼈를 부
> 순다', '세 치 혀가 다섯 자 몸을 망친다', '세 치 혓바
> 닥이 세 자 칼보다 무섭다'

* 형만 한 아우가 없다

　세상을 조금이라도 더 산 형의 생각이나 행동이 동생보다 낫기
마련이라는 말.

* 형제는 양손이다

　무슨 일을 할 때 한 손 보다 두 손으로 하면 더 잘 해낼 수 있듯
이, 형제는 서로 돕고 힘을 모아야 한다는 뜻.

* 호랑이가 고슴도치를 놓고 하품만 한다

　만만하게 생각했던 것에 손을 댈 수 없어서 망설이는 모양을
두고 하는 말.

* 호랑이 눈썹 빼오듯 한다

　아주 위험한 일이라서 매우 조심스럽게 한다는 뜻.

＊ 호랑이는 뒷걸음질을 하지 않는다

강한 사람은 어렵고 힘든 일 앞에서도 결코 뒤로 물러나지 않는다는 뜻으로 쓰는 말.

＊ 호랑이 다리를 삶아먹었나

발걸음이 매우 빠른 사람을 두고 하는 말.
- 비슷한 속담 : '쏜 살 같다'
- 반대 속담 : '거북이 고기를 먹었나', '굼벵이 굴러가듯 한다', '십 리에 한 걸음, 오 리에 한 걸음'

＊ 호랑이 담배 먹던 시절

아주 멀고 먼 옛날이라는 뜻으로 하는 말.

＊ 호랑이도 제 굴에 들어온 토끼는 잡아먹지 않는다

위험을 피해 온 생명을 해쳐서는 안 된다는 뜻으로 이르는 말.

＊ 호랑이도 제 말 하면 온다

어떤 사람에 대해서 말을 하고 있는데, 우연히 그 사람이 나타났을 때 쓰는 말.

＊ 호랑이를 잡으려면 호랑이 굴로 들어가야 한다

어떤 것을 얻으려면 그것에 맞는 노력을 해야 한다는 뜻으로 비유하는 말.

* 호랑이 없는 골에 여우가 왕 노릇 한다

우두머리가 없어지면 하찮은 것들이 나댄다는 뜻으로 하는 말.

* 호랑이에게 물려가도 정신만 차리면 산다

어떤 위험한 일을 당하더라도 정신만 잃지 않으면 위기를 벗어날 방법이 생긴다는 뜻으로 하는 말.

■ 비슷한 속담 : '하늘이 무너져도 솟아날 구멍은 있다'

* 호랑이 입으로 고양이 소리 한다

모습은 매우 대범해 보이는 사람이 옹졸한 행동을 하는 경우를 두고 하는 말.

* 호랑이 장가간다

날씨의 변덕이 매우 심하다는 뜻으로 하는 말.

* 호박은 늙을수록 달다

오래된 것일수록 값진 것도 있다는 뜻으로 하는 말.

* 호박이 덩굴째로 굴러 떨어진다

뜻밖의 행운이 찾아왔다는 뜻으로 쓰는 말.

■ 비슷한 속담 : '이게 웬 떡이냐 한다'
■ 반대 속담 : '마른하늘에 날벼락', '자다가 날벼락을 맞는다'

✽ 혹 떼러 갔다 혹 붙여 온다

문제를 해결하려다가 오히려 더 큰 문제를 떠맡게 되었다는 뜻
으로 하는 말.

   ■ 비슷한 속담 : '병 떼러 갔다가 병 얻어 가지고 온다'

✽ 혼자서 북 치고 장구 친다

남의 말을 듣지 않고 자기 마음대로 하는 사람을 두고 하는 말
이거나, 어려운 일을 혼자서 다 해결한다는 뜻으로 하는 말.

✽ 홍수로 흉년 드니 개구리만 풍년이라

잘못되는 것이 있으면 잘 되는 것도 있다는 뜻으로 이르는 말.

✽ 화장실에 들어갈 때 마음 다르고, 나올 때 마음 다르다

사람의 마음이란 상황에 따라서 매우 쉽게 변한다는 뜻으로 빗
대는 말.

✽ 화해는 붙이고 싸움은 말려라

화해는 잘 할 수 있도록 도와주고, 싸움은 그만 두도록 말리는
것이 마땅하다는 뜻.

✽ 홧김에 돌부리 차야 내 발만 아프다

화가 난다고 무턱대고 분풀이를 하다가는, 오히려 자기만 손해
를 본다는 뜻으로 하는 말.

✻ 흉보면서 닮는다

남의 나쁜 점을 흉보다 보면 자기도 모르게 닮아가기 마련이라는 뜻.

✻ 흉 없는 사람 없다

누구나 한 가지 흉은 다 가지고 있다는 말.

✻ 흥부네 집 제비 새끼만도 못하다

베풀어 준 은혜를 모르는 사람은 하찮은 짐승만도 못하다는 뜻으로 이르는 말.

- 비슷한 속담 : '머리 검은 짐승은 은혜를 모른다'
- 반대 속담 : '개도 은혜를 안다', '말 못하는 짐승도 사람의 공을 안다'

✻ 힘자랑하다가 힘에 눌려서 죽는다

제 능력을 과시하는 사람은 더 능력 있는 사람에 눌려 해를 입게 된다는 말.

어른이 되기 전에 알아야 할 우리속담 2300 (상)

초판 1쇄발행 2019년 12월 30일

지은이　송정해
펴낸이　윤형두
펴낸곳　종합출판 범우(주)

등록번호　제 406-2004-000012호(2004년 1월 6일)
　　　　　(10881) 경기도 파주시 광인사길 9-13(문발동)
대표전화　031)955-6900, 팩스 031)955-6905

홈페이지　www.bumwoosa.co.kr
이메일　bumwoosa1966@naver.com

＊잘못된 책은 바꾸어 드립니다.
＊이 도서의 국립중앙도서관 출판시 도서목록(CIP)은 e-CIP홈페이지
(http://www.nl.go.kr/cip.php)에서 이용하실 수 있습니다.
ISBN 978-89-6365-272-6 (43810)